당신의 고민은

안녕하세요

KBS 〈안녕하세요〉 제작팀 지음

휴먼큐브

대한민국 사람 모두가
고민 없는 그날을 꿈꾸며

스물다섯 살에 입사, 스물여섯 살에 결혼, 스물일곱 살·스물아홉 살에 출산. 제 20대 후반은 한 해 한 해가 위기였습니다. 더구나 PD로서의 일까지 병행해야 했기에 결혼과 출산으로 갑작스레 늘어난 인생의 짐들이 너무도 벅찰 때가 많았습니다. 20년 넘게 누군가의 딸로서만 살아왔던 사람이, 누군가의 아내이자 며느리이자 엄마이면서 동시에 PD의 역할까지 해내야 한다는 게 버거웠습니다. 모든 것을 놓아버리고 도망가고픈 마음이 들 정도로 숨이 막히기도 했습니다.

그럴 때 제 숨구멍이 돼준 것이 바로 '인생 멘토들과의 수다'였습니다. 주변에서 묵묵히 아내·며느리·직장인의 역할을 해내고 있는, 저와 비슷한 상황에 놓인 인생 선배들과 두런두런 이야기를 나누다보면 어느덧 제 앞에 주어진 상황을 객관적으로 바라볼 수 있게 됐습니다. 그렇게 문제를 살펴봄으로써 다시금 마음을 다잡는 제 자신을 발견할 수 있었습니다. 저는 인생의 첫 위기였던 시간들을 멘토들과의 수다 덕에 무사히 이겨낼 수 있었습니다.

〈안녕하세요〉는 바로 이런 프로그램입니다. TV라는 '가장 보편적인 매체'를 통해, '지금 이 시대'를 함께 살아가고 있는 '보통 사람들의 생생한 이야기'를 나누고자 합니다. 남녀노소 불문, 모든 대한민국 사람들의 마음속 이야기를 담아내고자 합니다. 누군가는 괴로워하고 있는 당신에게 우울증이라고 이야기할지 모릅니다. 하지만 저처럼 대화와 소통만으로도 몇십 알의 약을 먹은 것 같은 효과를 거둘 수 있으리라 믿습니다. 지금 당장 완벽한 변화가 찾아오지 않는다 해도, 대화와 소통만으로도 변화를 향한 첫걸음을 시작할 수 있다고 믿습니다. 그것이 바로 〈안녕하세요〉가 맡고자 하는 역할입니다.

　때로는 웃음으로, 때로는 감동으로! 진지하지만 무겁지 않고 재미있지만 우습지 않은 방식으로 '우리네 살아가는 이야기'를 나눔으로써, 소통 부재로 인한 사람들 사이의 벽을 허물어보고자 합니다. 당신이 기쁠 때도 당신이 슬플 때도, 친구처럼 편안하게 이야기 나누고픈 상대가 바로 〈안녕하세요〉이길 바랍니다. 그런 친구가 될 수 있도록, 앞으로도 항상 당신의 이야기에 귀 기울이겠습니다. 대한민국 사람 모두가 고민 없는 그날까지!

제작팀을 대표해

하루에도 몇 번씩 잘살고 있는 건지 고민하는 이예지PD 드림

 Part 2

가까울수록 어렵고 힘든 까닭,
가까운 사람과 편하게 지내는 법

 Part 3

남의 지갑에서 돈 빼내기의 어려움,
사회생활의 고단함

 Part 4

남들은 죽었다 깨나도 이해 못 하는 것,
하지만 내겐 너무나 큰 고민

Part 5

아무리 살아도 종잡을 수 없는 세상,
지금 세상이 어떻게 돌아가는 걸까

Part 1

나 스스로를
어찌할 수 없는 답답함,
내가 나를 모르겠는 이유

선택의 갈림길, 무엇을 따를 것인가

"저는 일찍이 접은 가수의 꿈,
그런데 엄마가 포기를 안 해요"

저는 어릴 때부터 가수가 꿈이었습니다. 그래서 이런저런 오디션에
도 나가보고 디지털앨범까지 내봤지만, 제대로 된 건 하나도 없었어
요. 3년 전 성대결절까지 오는 바람에 결국 꿈을 접었지요. 그런데 문
제는 제가 포기한 '제 꿈'을 엄마가 포기하지 않고 있다는 겁니다. 엄
마는 제 노래를 들을 때가 세상에서 가장 행복하다고 하세요. 지금도
가끔 집에서 노래를 부르면 어찌나 흐뭇한 표정으로 바라보시는지.

　　나 : 엄마, 나 노래 잘 못하지?

　　엄마 : 무슨 소리야? 나는 너보다 노래 잘하는 사람, TV에서도 못 봤어.

나 : 근데 왜 오디션은 맨날 떨어졌겠어?

엄마 : 으이구. 그거야 심사위원들이 너를 못 알아본 거지. 조금만 더 하면 분명히 너를 알아서 모셔가는 사람이 생길 테니까, 나만 믿어.

저를 가수로 만들기 위해 정말 열심히 살아온 엄마예요. 제 뒷 바라지를 한다며 아빠만 부산에 남겨두고 서울로 올라온 뒤, 포장마 차, 떡볶이 노점상까지 안 해보신 일이 없답니다. 지금은 새벽까지 조개구이집에서 일하시고요. 아무리 고생스러워도 제가 가수만 된 다면 다 괜찮다고 하시는데…… 제 나이가 벌써 스물일곱이에요. 사 회에서는 초년생 나이지만 연예계로 따지면 늦었다고도 할 수 있는 나이죠. 요즘 다들 데뷔도 일찍 하잖아요. 꿈을 접은 후 연습도 제대 로 하지 않아서 이제는 노래도 잘 못합니다. 사실 그동안은 포기했 다고 하면서도 꿈을 확실히 놓지도 못하고 방황한 탓에, 이 나이가 되도록 변변한 직장도 없고 모아둔 돈도 없어요. 지금이라도 직장을 구하고 싶은데, 엄마는 여전히 가수의 꿈을 버리지 못하시네요.

어려서 꿈이 없었던 사람이 누가 있겠어요? 누구나 멋지고 훌 륭한 사람이 되길 바랐겠죠. 동네에서 한가락씩 안 해본 사람은 또 누가 있겠어요? 저도 어려서는 제가 정말 노래를 잘하는 줄 알았어 요. 그런데 큰물에 나와보니 저보다 뛰어난 사람이 많았고, 결국 깨 달은 건 제가 우물 안 개구리에 불과했다는 사실이었어요. 보통은 자식이 현실성 없는 꿈을 꾸면 엄마가 정신 차리라면서 말리잖아요.

그런데 우리 집은 오히려 엄마가 가수를 원하고 저는 현실을 인정하려고 하니, 그게 좀 웃기기도 해요.

아무튼 제가 가수의 꿈을 버리는 게 맞는지 아니면 엄마의 소원대로 계속 꿈을 키워가는 게 맞는지, 이제는 결판을 짓고 싶어요. 더이상 방황하다간 이도 저도 안 될 것 같으니까요. 이제 진로에 대한 고민과는 이별하고 싶습니다.

자신의 뜻과 엄마의 바람 사이에서 갈팡질팡 고민하던 B양. 왜 모든 선택은 늘 어렵기만 한 걸까. 내 뜻만을 밀고가기엔 100퍼센트 확신을 품기 힘들뿐더러, 나를 잘 알고 응원하는 주변 사람들의 조언을 무시할 수도 없는 노릇. 그렇다고 다른 사람의 의견을 따르자니, 결국 내 삶의 주인공은 나라는 사실 또한 간과할 수 없다.

하나의 사안을 두고 나와 주변 사람의 의견이 갈릴 때, 특히 그것이 앞으로의 인생을 좌우할 꿈과 관련된 문제일 때, 우리는 늘 깊은 고민에 빠진다. 대학 진학을 앞두고 갈등하는 부모와 수험생, 미술을 배우고 싶은 아이와 영어학원에 보내려는 엄마, 대기업 취업을 권하는 스승과 글을 쓰고 싶은 제자…… 삶은 정답과 오답이 분명한 시험이 아니기에 하나의 길을 선택하기까지의 과정은 늘 지난하고 힘겹다. 특히 각자의 의견은 달라도 좋은 결과를 바라는 마음은 모두가 같기에, 차이는 좀처럼 좁혀지지 않고 선택은 더욱 어려워진다.

B양은 여러 오디션에 숱하게 지원했지만 매번 탈락 통보를 받으면서, 자신의 길은 가수가 아니라는 현실을 인지하게 됐다. 하지만 어머니는 좀처럼 수긍하지 못했다. 그녀가 포기하겠다는 말만 하면 눈물을 흘렸고, 급기야 스트레스로 인한 급성간염으로 입원까지 했던 어머니. 무조건 가수가 돼야 한다는 '고집'이 아니라 훌륭한 가수가 될 수 있다는 '믿음'임을 알기에, B양의 고민은 더욱 커져갔다. 어쩌면 그녀는 어머니의 강한 믿음과 열렬한 응원 앞에서, 자신이 너무 쉽게 포기하는 건가 하는 생각이 들어 갈등에 빠졌는지도 모르겠다. 좀더 노력하고 매달릴 자신이 없어 물러서려는 것은 아닐까 자문했던 것인지도. 어머니가 몇 년간 헌신적으로 뒷바라지를 해오면서 자신의 꿈이 곧 어머니의 꿈이 돼버린 상황도 선택을 어렵게 만드는 데 일조했다. 단순히 자신이 꿈을 포기하고 마는 문제가 아니라, 어머니가 오랜 시간 힘 쏟은 목표마저 함께 사라지는 일이었던 탓이다.

결국 몇 년간 이어진 고민에 종지부를 찍기 위해 방송의 문을 두드린 B양과 어머니. 어머니는 만약 이번마저도 가수를 하지 않는 게 좋겠다는 결론이 나오면 순순히 포기하겠다고 했다. 긴장되는 분위기 속에서 B양이 노래를 시작했다. 그리고 결과는, MC와 게스트 열 명 중 일곱 명이 포기를 권했다. 이어진 방청객 투표에서도 154명 중 126명이 B양의 진로는 가수가 아니라고 판단했다. 막상 결과를 본 어머니는 '내 편을 들어줄 줄 알았는데……'라며 눈물을 흘렸다. 하지만 정작 B양은 예상했던 결과라는 듯 담담하게 받아들이는 눈치였다. 그렇게 그들의 오랜 고민은 일단락됐다. 각자의 기준에서 각자의 의견만을 고집하던 두 사람에게 좀더 많은 사람들의 객관적인 평가라는, 이전까지와는 다른 선택의 잣대가 명쾌한 길을 제시해준 모양이다.

이루지 못한 꿈은, 새로운 꿈의 토대

연예인을 희망하는 사람들을 적지 않게 만나왔던 정찬우씨는 B양에게 애정이 담겨 있으면서도 현실적인 조언을 건네 눈길을 끌었다. 솔직히 말해 이 계통의 일은 정말 힘들다는 것. 그렇기에 어려움을 이겨낼 수 있는 강인한 정신력과 내공이 필요한데, 그런 것을 기대하기에는 그녀가 이미 너무 지쳐 있다는 이야기였다. 정씨는 그녀가 다른 일을 함으로써 더 힘을 낼 수 있으면 좋겠다고 격려했다.

재미있는 사실은 방송 출연 이후 B양에게 러브콜이 쇄도하고 있다는 것. 하지만 그녀는 나이 같은 현실적인 문제들을 더이상 간과할 수 없기에, 신중하게 고민하고 있다고 한다.

이루지 못한 꿈이라고 해서 의미 없는 것은 아니다. 꿈을 품고 그 꿈을 이루기 위해 노력했던 과정들은 새로운 꿈을 향해 나아가는 원동력이 될 수 있다. 이전의 시행착오는 그녀가 새로운 꿈을 이뤄나가는 데 있어 좋은 길잡이가 돼주지 않을까.

그대의 꿈이 한 번도 실현되지 않았다고 해서
가엾게 생각해서는 안 된다.
정말 가엾은 것은
한 번도 꿈을 꿔보지 않았던 사람들이다.

– 볼프람 폰 에셴바흐(Wolfram von Eschenbach)

자아는 이미 만들어진 것이 아니라
선택을 통해 계속 만들어가는 것이다.

– 존 듀이(John Dewey)

너무 뜨겁지도 차갑지도 않게, 세상에서 제일 어려운 '적당히'

"내기에 중독된 아들 때문에 걱정이에요"

저는 세상의 내기란 내기는 죄다 싫은 사람입니다. 가위바위보, 복불복, 사다리타기, 제비뽑기 같은 내기가 전부 싫어요. 이게 다 내기에 빠져사는 제 아들 때문입니다. 아들의 인생은 모든 게 내기로 시작해서 내기로 끝나요. 초등학생 때부터 내기라고 하면 사족을 못 쓰는 게 보였어요. 방 청소를 시키면 어땠는지 아세요?

> 나 : 애, 방이 이게 뭐니? 네 방은 네가 치워야지. 얼른 청소해.
>
> 아들 : 엄마, 나랑 가위바위보 해서 진 사람이 청소하기다. 알았지?
>
> 나 : 무슨 소리야. 네 방을 치우는 건데 가위바위보를 왜 해?

° 21

아들 : 에이, 엄마. 빨리빨리. 일단 한번 해봐. 가위바위보! 내가 이겼다! 나 청소 안 해도 된다?

어려서부터 이렇게 내기를 하면서 크더니 나중에는 가족끼리 외식을 가도 '내기 본능'을 발휘하더군요. 자리에 앉자마자 누가 더 빨리 먹는지 내기하자면서, 혼자 허겁지겁 음식을 먹는 거예요. 어려서는 그런 모습이 귀여울 때도 있었어요. 그런데 2년 전에 이게 더이상 귀여워할 일이 아니라는 사실을 깨닫게 해준 사건이 터졌죠. 추석에 친척들이 모여 있는 자리에서, 스물한 살이나 된 아들 녀석이 다섯 살배기 사촌동생이랑 코에 땅콩 넣기 내기를 하더라고요. 어이가 없었습니다. 코에 박힌 땅콩이 빠지지 않는 바람에 결국 사촌동생이 응급실까지 실려갔어요. 제가 친척들 앞에서 얼마나 창피하고 미안했을지, 짐작이 가시죠?

더 큰 문제는 뭐냐면요. 이제는 이 녀석이 집 밖에서도 내기를 하고 다닌다는 겁니다. 아들이 친구들과 논다고 집에 들어오지 않았던 어느 날, 새벽 네시에 갑자기 전화벨이 울리는 거예요.

아들 : 엄매! 지금 빨리 당구장으로 10만원만 갖다주세요, 네?
나 : 너 꼭두새벽에 갑자기 무슨 말이야? 웬 10만원?

자다 말고 내기에 진 아들의 당구비를 내러 당구장에 가본 적 있으세요? 네, 당연히 없겠죠. 이제 새벽에 전화벨만 울려도 덜컥하는 데는 또다른 이유도 있어요. 이번에는 새벽 한시쯤이었어요. 감자탕집으로 15만원을 가져다달라더군요. 새벽에 감자탕 빨리 먹기 내기에 진 아들을 위해 달려나가본 적 있으세요? 없으시다는 것, 다 알아요…… 이렇게 PC방이며 술집이며 당구장이며, 때와 장소를 가리지 않고 내기에 진 아들을 위해 달려나가고 있습니다. 급할 때는 아들 친구의 계좌로 돈을 부친 적도 있어요.

　　도박이라는 게 얼마나 무서운 건지 다들 아시잖아요. 혹시 이러다 자기 부모까지 걸고 내기를 하지는 않을지 걱정이에요. 정말 그럴 수 있는 애거든요. 나중에는 집문서까지 들고 내기판에 뛰어들면 어쩌죠? 남편이 야구방망이로 때려도 보고 수없이 혼도 내봤지만 도대체 고쳐지지가 않아요. 앞으로 취직도 해야 되고 결혼도 해야 되는데, 내기가 아니면 아무것도 하지 않으려는 한심한 아들! 누가 우리 아들, 사람 좀 만들어주세요!

내기에 빠진 아들 때문에 고민이라던 어머니. 처음에 MC들은 '어머니가 버릇을 잘못 들인 것이 아니냐'는 의문을 제기했다. 시간과 장소를 불문하고 아들이 전화를 걸면 바로 돈을 가져다주는 어머니의 모습이 일견 이해되지 않았기 때문이다. 아들의 버릇을 고치기 위해서는 사정이야 어떻든 모른 척해야 하지 않겠느냐는 것. 그러나 돈을 가져다주지 않으면 아들이 값비싼 시계나 옷을 내놓는다는 이야기에, 일단 큰불은 끄고 보려는 어머니의 마음을 이해하게 됐다. 그렇다면 아들은 왜 그토록 내기에 몰두하는 걸까.

방송에 출연한 Y군이 밝힌 이유는 단 하나, 오직 '재미' 때문이었다. 그가 밝힌 생활 속 내기의 종류만 해도 어마어마했다. '노래방에서 점수 내기' '도로 위의 선을 여자가 먼저 밟나 남자가 먼저 밟나 맞히기' '탕수육 내기 축구' '다트 시합을 해서 진 사람이 술값 내기' '가위바위보 해서 여자 전화번호 얻어오기' 등의 소소한 내기들을 시도 때도 없이 한다는 것. 심지어 고등학생 때는 150만원을 걸고 당구 시합을 한 적도 있었다는 고백에 MC들은 물론, 방청객들까지 놀라움을 금치 못했다. 함께 출연한 Y군의 동생도 형의 내기 본능으로 인한 고생이 이만저만이 아니었다. 라면 빨리 먹기, 주문한 치킨이 도착하는 시간 맞히기 등 모든 일상이 내기라고. 이것도 모자라 동생을 내기의 '판돈'으로 건 적도 있다고 했다. 친구들과 내기를 하면서 돈이 없자 돈 대신 동생과의 소개팅을 걸었다는 것이다.

사실 남들은 이해하지 못해도 스스로에게 즐거움을 주는 일 하나쯤은 누구나 갖고 있기 마련이다. 다 큰 어른이 무슨 장난감이냐고 손가락질을 받으면서도 피규어 수집에 열을 올리는 사람도 있고, 건강을 해친다는 염려를 들으면서도 술자리에서 삶의 낙을 찾는 사람도 있다. 다른 사람들이 보기엔 비효율적이고 비생산적인 일일지라도 나만의 재미를 하나쯤 갖는 것은, 삶을 좀더 흥미롭고 즐겁게 만드는 일임에 분명하다. 단, '적당한' 수준에서.

우리가 살면서 만나는 많은 문제들은 어쩌면 이 '적당히'가 되지 않아서 벌어지는 일일지도 모른다. 일도 적당히 잘하고, 연애도 적당히 잘하고, 취미도 적당히 즐기는 삶을 살 수 있다면 좋겠지만, 꼭 무언가에 너무 몰두하거나 무언가에는 소홀해지면서 많은 갈등과 문제가 불거진다. 너무 뜨겁지도 너무 차갑지도 않은, 적당한 온도를 찾아가는 것, 그것이야말로 삶을 건강하고 조화롭게 만드는 지혜가 아닐까.

'적당히'라는 이름의 온도

당시 게스트로 출연한 그룹 2AM의 임슬옹씨는 '내기 운'이 좀 따르는 편이라고 한다. 소소한 금액의 복권에 당첨되거나 여행상품권 같은 걸 경품으로 받은 적이 많고, 라스베이거스 도박장의 슬롯머신에서 단돈 1달러로 100만원을 딴 경험도 있다고 밝혔다. 평소에도 축구 스코어 맞히기 등 재미를 위해 간단한 내기를 즐긴다는 그였지만 한 번도 도가 지나친 적은 없었다고. 그가 내기 운이 좋다고 말할 수 있었던 건, 자신의 운을 과신하지 않고 적당히 자제할 줄 알았기 때문은 아닐까.

촬영 당일, Y군의 내기를 멈추게 하기 위해 정찬우씨와 신동엽씨가 즉석에서 '내기 끊기 내기'를 제안했다. Y군이 MC들과 내기를 해서 지면 다시는 내기를 하지 않기로 한 것이다. 그러나 결과는 MC들의 참패. 결국 임슬옹씨가 팔굽혀펴기 시합을 제안했고 다행히 승리를 거뒀다. 이에 Y군은 다시는 내기를 하지 않기로 약속했는데, 이후 어머니의 말에 따르면 드디어 내기를 끊었다고 한다. 그도 이제는 '적당히'라는 온도를 찾았다는 반가운 소식!

낙천주의자는
모든 장소에서 청신호밖에는 보지 않는 사람.
비관주의자는
붉은 정지 신호밖에는 보지 않는 사람.
그러나 정말 현명한 사람이란
'색맹'을 말한다.

– 알베르트 슈바이처(Albert Schweitzer)

"툭하면 욱하는 남자친구, 어쩌면 좋죠?"

누가 봐도 남자 중의 남자! '상남자'인 남자친구를 둔, 스물두 살 여대생입니다. 요새 잘 쓰지 않는 말이지만 터프가이라고 하면 감이 확 오시죠? 제 남자친구는 말투도 최민수씨 같고요. 남자다운 면이 참 많아요. 그런 면에 저도 반한 거고요. 여기까지만 들으면 참 멋지죠? 하지만 심각한 문제가 있습니다. 한터프, 한카리스마 하는 제 남자친구는 너무 자주(!) 시도 때도 없이 욱하고 화를 내요. 그때마다 제 심장은 쪼그라들고 바싹바싹 타들어가죠.

요즘에 있었던 일 하나 소개해드릴까요? 컴퓨터게임을 하다 보면 당연히 이길 수도 있고 질 수도 있잖아요. 제 남자친구는 저와 오목을 하다가 졌다고 PC방 모니터를 박살내버렸어요. 자기 모니터도 아니고 PC방 모니터를요. 제가 얼마나 놀라고 당황했겠어요? 여자한테 지는 게 자존심이 상한다는 거겠죠. 한번은 이런 일도 있었답니다. 친구 커플들과 여행을 가서 기분좋게 바비큐 파티를 하고 있는데, 갑자기 남자친구가 펜션의 유리창을 부수는 거예요. 엄청 언짢은 일이 있었냐고요? 그 이유라는 게 자기는 삼겹살을 먼저 굽자고 했는데, 다른 사람들이 목살부터 굽자고 했다는 거였어요. 아는 사람들한테 성질을 내는 건 그렇다고 쳐요. 그때는 상대도 기분 나쁘겠지만, 이 친구가 원래 그러니까 하면서 넘어가줄 수도 있고 나중에 정식으로 사과할 수도 있으니까요.

문제는 이 욱하는 성질이 사람을 가리지 않는다는 거예요. 지난번엔 호프집에서 맥주를 마시고 있는데, 옆 테이블의 아저씨가 제 쪽으로 술을 쏟은 거예요. 실수로요. 제 남자친구가 어떻게 했는지 아세요? 업어치기로 그 아저씨를 바닥에 내동댕이쳐버렸어요. '감히' 저한테 술을 쏟은 사람을 그렇게 날려버려서 좋았냐고요? 전혀요! 일부러 쏟은 것도 아닌데, 대체 왜 저렇게까지 할까 하는 마음뿐이었어요.

더 놀라운 건 남자친구가 사람한테만 화를 내는 게 아니라는 거예요. 얼마 전에는 밤에 시골길을 걷다가 뭔가 스치는 것 같아서 제가 비명을 질렀거든요. 단번에 달려온 남자친구는 어둠 속에서 무언가와 사투를 벌였어요. 나중에 불빛을 비춰보니 흑염소 한 마리가 죽어 있더라고요. 흑염소는 그냥 지나가다가 봉변을 당한 거예요. 너무 불쌍했어요. 만난 지 1년도 채 안 됐는데, 이런 일이 너무 자주 터집니다. 이런 이야기해도 괜찮을지 모르겠지만 벌써 경찰서만 다섯 번을 들락거렸다니까요. 그럴 때면 저는 뒷수습 담당이에요.

> 주인 : 이렇게 남의 가게 물건을 박살내도 되는 겁니까? 무슨 깡패예요?
>
> 나 : 죄송합니다. 변상해드리겠습니다.
>
> 주인 : 아니, 무슨 힘자랑하러 온 것도 아니고, 별것도 아닌 일로 왜 물건을 부숴요? 원래 그런 사람이에요?
>
> 나 : 남자친구 성격이 원래 좀 그래서요. 제발 좀 봐주세요.

저, 사실 남자친구랑 결혼 생각도 하고 있거든요. 양가 부모님끼리 인사도 끝냈고 구체적인 이야기들이 오가고 있는데요. 솔직히 남자친구의 이 성격, 걱정이 돼요. 결혼하고도 지금과 다를 게 없으면 많이 힘들 것 같아요. 남자친구의 욱하는 성격, 조금만 자제해주면 좋겠는데 누구 도와주실 분 없나요?

K양의 남자친구는 우리 주변에 한 명쯤은 있는 소위 '남자다운 남자' '한성격 하는 남자'였다. 혈기왕성한 20대인데다가 유도를 배워서 싸움이 무섭지 않다는 그는, 본인 성격의 문제를 알고 있느

나는 MC들의 질문에 '타고난 성격'이라며 곧바로 인정하는 눈치였다. 그러나 문제는 인지하고 있어도, 자기도 모르는 새 날아가는 주먹을 통제하긴 쉽지 않아 보였다. PC방과 펜션에서 부순 모니터와 유리의 비용을 물어주는 홍역을 치른 이후에도 놀이공원에서 또다시 '사고'를 쳤다고. 롤러코스터를 탔는데 그게 너무 무서웠다는 이유로 기계를 작동하는 아르바이트생의 멱살을 잡았다는 것이다.

조금 참으면 될 텐데, 좀처럼 성질이 제어가 되지 않는 걸까. 그의 친구 역시 K양과 비슷한 경험을 수도 없이 했다고 털어놓았다. 늘 성질대로 해서 사고를 치는 친구 옆에서 뒷수습하느라 난감했던 적이 많았다는 하소연이었다. 타고난 운동신경 덕에 싸움도 잘해서, 선배들을 힘으로 제압한 그 때문에 화난 선배들이 친구가 아닌 자신에게 화풀이를 한 적까지 있었다고. 그런데 K양의 남자친구가 자주 하는 말이 '남자라서 못 참겠다'란다.

돌이켜보면 K양이 남자친구를 표현하는 주된 말도 '남자답다'는 것. 늘 주위에서 남자답다는 말을 들으며 살아온 그다. 그런데 이 사회가 격투가 벌어지는 링도 아니고, 힘이 세고 싸움을 잘하는 게 남자다운 것이라고 할 수 있을까. 특히 자신이 다른 사람보다 밑에 있다는 느낌을 받거나 승부에서 질 때 폭발하는 경우가 많다는 남자친구였다. 남자라면 다른 사람을 지배해야 하고 이겨야 한다는 생각에 사로잡힌 것은 아닌가 하는 우려가 들었다. 무엇보다 그가 '나는 원래 이렇다'며 스스로를 합리화하는 모습은 안타깝기까지 했다.

우리는 곧잘 '내 성격을 나도 잘 모르겠다'거나 '내가 내 마음대로 되지 않는다'는 이야기를 하곤 한다. 남들 앞에서 당당하게 주장을 펼치고 싶은데 소심한 성격 탓에 입이 떨어지지 않는다는 사람도 있고, 주변 사람들과 원만하게 지내고 싶은데 조금만 성질을 건드리면 폭발하고 만다는 사람도 있다. 하지만 어쩌면 '나는 원래 이래' '나도 나를 어쩔 수가 없어'라는 말은 스스로의 잘못과 단점을 방어하기 위한 '비겁한 변명'일지도 모른다. 타고난 성격 탓에 문제를 일으킨다는 K양의 남자친구 역시 일을 하면서는 어떤 경우라도 냉정을 유지한다고 했다. 즉 얼마든지 스스로를 컨트롤할 수 있다는 이야기다.

세상에 이루기 어렵고 힘든 일은 있지만, 결코 이룰 수 없는 일이란 없는 것 같다. 특히나 자신과 관련된 문제라면 의지와 노력에 따라 얼마든지 개선할 수 있지 않을까. 나를 바꾸겠다는 의지와 바꾸려는 노력만 있다면, '나는 원래 이래'라는 변명 뒤에 숨는 일은 없을 것이다.

우리 세대의 가장 위대한 발견은
한 인간이 태도를 바꿈으로써
자기 인생을 바꿀 수 있다는 사실이다.

– 윌리엄 제임스(William James)

과거의 나와 작별하는 법

"소심해도 너무 소심한 친구 때문에 답답해요"

사회생활 2년차에 접어드는 직장인입니다. 직장에서 할 일도 많고 정신도 없어 죽겠는데, 저를 더 힘들게 만드는 친구가 있어요. 그 친구는 소심해도 너무 소심한 게 문제랍니다. 스물두 살이나 돼서는 아직도 할 말을 제대로 못 하고, 뭔가 말을 하려고 할 때도 얼굴만 빨개져서 혼자 끙끙 앓아요. 편하게 말하는 상대가 저라는 이유로, 같은 직장에 근무하는 것도 아닌데 제게 문자를 보냅니다.

친구 : 나 지금 부장님과 회의중인데 화장실 가고 싶어.

나 : 얼른 가, 이 바보야! 급하다고 말하고 가면 되잖아.

친구 : 어떻게 그런 말을 해?

나 : 그게 뭐 대단한 일이라고 말을 못 해! 얼른 말하고 가.

친구 : 어떡해. 나 말 못 하겠어.

이렇게 소심하다보니 결국 방광염까지 걸리고 말았어요. 화장실 가겠다는 말을 못 해서요. 한번은 갑자기 전화를 해서 엉엉 울더라고요. 무슨 일이라도 생겼나 싶어서 놀랐죠.

친구 : 흑흑……

나 : 왜 그래? 무슨 일이야? 울지 말고 얘기해봐.

친구 : 글쎄…… 새로 오신 과장님이, 글쎄……

나 : 글쎄, 뭐? 너…… 너 설마?

친구 : 말도 없이…… 내 허락도 없이…… 내 실내화를 신었어. 저걸 어떻게 달라고 해야 돼?

이런 친구가 직장생활을 한다는 것 자체가 놀라운 일이죠. 그만큼 저는 피곤해 죽겠습니다. 옷을 사러가도 가격조차 제대로 묻지 못해서 대신 흥정을 해줘야 되고요. 밥을 먹으러가도 주문을 못 하니까, 제가 물 좀 달라느니 반찬 좀 달라느니 요청하는 건 물론, 계산해달라는 말까지 다 해줘야 해요. 심지어 연애문제에까지 제가 나섰어요. 남자친구와 대판 싸우고 헤어지고 싶은데 그 말을 못 하고 있는 거예요. 그래서 잘 알지도 못하는 그 사람과 어처구니없는 대화를 나눌 수밖에 없었죠.

> **나** : J가 너랑 헤어지고 싶대.
>
> **친구 애인** : 뭐? 네가 뭔데 남의 일에 나서?
>
> **나** : 네가 너무 다혈질이라 힘들대. 그냥 헤어지고 싶대.
>
> **친구 애인** : 하, 진짜 어이가 없어서. 야! 걔는 헤어지고 싶다는 말도 직접 못 하나? 그런 애는 나도 싫어. 꼭 전해줘.

뭐 이런 애가 다 있나 싶죠? 그런 애 옆에서 계속 대변인 노릇을 해주고 있는 저도 참 웃긴 것 같아요. 사회생활을 하면 좀 나아지려나 했는데 차도도 없고, 오히려 점점 저한테 기대기만 합니다. 소심해도 너무 소심한 제 친구, 어떻게 하면 좋을까요?

화장실에 가고 싶다는 말을 못 해서 방광염까지 걸렸다는 J양. 그 이유를 궁금해하는 MC들의 질문에 그녀는 다들 바빠 보이는데 자신 때문에 일이 늦어지면 싫어할까봐 그랬다고 대답했다. 이외에도 그녀가 방송에 나와 조심스럽게 털어놓은 회사에서의 에피소드는, 고민을 의뢰한 친구가 들려준 이야기에서 나타난 것 이상의 소심함을 보여줬다. 저녁을 먹지 못해서 부장님이 빵을 사줬는데 자신이 잠시 자리를 비운 사이에 선배가 먹어버려서 눈물을 흘린 일은 애교 수준. 언젠가는 자기가 잘못한 게 아니라는 말을 못 해, 다른 사람의 실수를 뒤집어쓰고 운 적도 있었다고. 이런 성격 탓에 눈물이 마르지 않는 나날을 보내는 그녀였다. 그런 J양을 바라보는 같은 회사 C과 장의 마음도 편치는 않아 보였다. 그녀의 실내화를 신었다는 문제의 주인공. 왜 그랬느냐는 질문에 그는 어깨를 으쓱했다.

"제 실내화가 뜯어졌는데 마침 옆에 실내화가 있더라고요. 아무도 안 신는 것 같아서 잠깐 신은 거예요. 보통은 자기가 신어야 하면 달라고 하잖아요. 그럼 돌려주면 된다고 생각한 거죠."

C과장은 나중에 해도 되는 일 때문에 혼자 밥도 못 먹고 일하다가 그게 서러워 눈물이 그렁그렁한 J양을 보면서 답답한 부분이 많다고 토로했다. 사실 J양은 회사생활뿐 아니라 일상생활에서도 소심함이 문제였다. 낯선 사람을 마주하는 일이 힘들어 택배 기사가 오면 혼자 있을 때는 아예 문을 열어주지 않고, 다른 사람이 있어도 방에 숨어 있기 일쑤라고 한다. 길을 지나가다 누가 길을 막고 있으면 비켜줄 때까지 기다린다는 이야기까지 들으니, 평소 어떻게 생활하는지 걱정스럽기까지 했다. 연애에서도 소심함은 계속됐다. 어찌어찌 시작은 하지만 결국 실패하고 마는 그녀의 연애사를 친구는 이렇게 설명했다.

"처음에 소개를 받으면 보통 문자메시지로 먼저 대화를 해요. 남자들이 그러는데 얘가 글로는 정말 표현을 잘한대요. 그래서 내가 마음에 드나보다 하고 연애를 시작하면, 막상 만나서는 말도 못 하고 고개만 푹 숙이고 있으니까 무슨 생각을 하는지 모르겠대요. 그런 여자, 솔직히 누가 좋아하겠어요? 보통 얼마 지나지 않아 질려서 헤어지자고 하죠."

J양의 친구와 C과장은 공통적으로 그녀 스스로가 자기표현을 할 수 있게 성장해야 한다고 지적했다. 그런데 J양은 왜 그토록 소심해진 걸까. 이유를 물어보는 MC들의 말에 잠시 망설이다 그녀가 꺼낸 사연은 아픈 기억이었다. 어렸을 때 부모가 이혼하고 아버지 밑에서 자라면서 어머니가 없다는 사실 때문에 늘 위축돼 있었다는 것. 다른 아이들이 어머니와 함께 있을 때 자신은 늘 혼자였다고 한다. 그녀가 어려서부터 감당해온 외로움과 소외감이 자신감 없는 지금의 그녀를 만들어온 셈이다.

사실 아프고 힘들었던 과거의 그늘에서 벗어나지 못해 힘겨워하는 사람이 비단 그녀뿐은 아닐 것이다. 누구나 하나쯤은 남들에게 쉽게 이야기하지 못할 상처가 있기 마련이고, 그 아물지 않은 상처가 현재의 내게 지대한 영향을 미치는 경우도 허다하다. 하지만 상처를 부여잡고 아파하는 것은, 결국 자신에게 비수를 들이대는 일이나 마찬가지가 아닐까. 상처에 연연하기보다 그 상처를 있는 그대로 받아들이고 인정할 때, 새로운 내가 되는 것이 가능한 법이다. 그날 방송은 그녀가 아픈 상처에 머물기보다, 좋은 오늘을 만들어갈 수 있길 응원하며 마무리됐다.

행복은 육체를 위해서는 고마운 것이지만,
정신력을 크게 길러주는 것은
마음의 상처다.

– 마르셀 프루스트(Marcel Proust)

흙에 새긴 글씨는 물에 젖으면 없어진다.
우리 내면의 상처도
부드럽게 다스리면 아문다.

– 도교(道敎)

내 감정이 왜 내 마음대로 되지 않지?

"때와 장소를 가리지 않고 웃음이 터져요. ㅋㅋㅋㅋㅋ"

웃는 여자는 다 예쁘다는 말 들어보셨죠? 그런데 정말 그럴까요? 전 누구보다 잘 웃지만 그렇게 예뻐 보이지는 않는 스물한 살 여대생입니다. 웃으면 복이 온다고도 하고, 웃는 게 만병통치약이라고도 하잖아요. 잘 웃는 것, 참 좋죠. 단, 때와 장소를 가려서 웃는다면요. 저는 그게 안 돼요. 정말 웃고 싶지 않고, 절대 웃으면 안 되는 상황인데도 웃음이 막 터져서 미치겠어요. 언제 그러느냐고요? 학창시절에 선생님께 혼나보신 적 다들 있으시죠? 얼마나 심각하고 무서운 분위기인지 아시잖아요. 저는 그때마다 웃음을 참지 못해 선생님의 화를 돋웠답니다.

선생님 : 다들 눈 감아. 니들이 뭘 잘못했는지, 잘 생각해봐!

나 : ㅋㅋㅋㅋㅋㅋㅋㅋㅋㅋㅋㅋㅋㅋㅋ

선생님 : 넌 뭐가 그렇게 웃겨? 앞으로 나와!

나 : ㅋㅋㅋㅋㅋㅋㅋㅋㅋㅋㅋㅋ 네.

선생님 : 너 지금 선생님한테 태도가 그게 뭐야. 지금 나랑 장난하자는 거야?

나 : 아닌데요. ㅋㅋㅋㅋㅋㅋㅋㅋㅋㅋㅋㅋㅋㅋ

이런 식으로 미친 사람처럼 아무 때나 웃어대니, 선생님들께는 제가 정말 싸가지 없는 애로 보였을 거예요. 중학교 때는 이런 일도 있었어요. 제가 전교회장 선거에 출마했거든요. 몇 날 며칠 밤을 새워가며 연설문도 준비했죠. 그런데 그렇게 열심히 작성한 연설문을 읽으려는 순간, 또 갑자기 웃음이 터지더라고요. 결국 전교생 앞에서 입도 뻥긋 못 하고 무려 10분 동안 미친 듯이 웃다만 내려왔어요. 거짓말 같지만 정말 있었던 일이랍니다. 선거 결과요? 당연히 떨어졌죠. 애들이 보기에도 제가 정상이 아니었을 거예요.

그나마 이 정도면 괜찮죠. 제가 가장 난감할 때는 장례식장에 갔을 때예요. 친구 아버님이 돌아가셔서 친구들과 장례식장에 갔어요. 저의 증상이 걱정스러워 장례식장 앞에서 20분 동안이나 심호흡을 하며 웃지 말자고 몇 번이나 다짐했어요. 그리고 식장에 들어가서 인사하고 향을 피우는 순간, 아무것도 웃긴 게 없었는데 또 웃음

이 나오고 말았습니다. 그 슬픈 상황에서요. 거기 있던 친구는 물론
이고 어른들이 저를 어떻게 생각하셨을지 생각하면 마음이 답답해
져요.

대학에 와서는 조를 나눠서 하는 발표수업에서 민폐를 끼치고
있습니다. 학점이 걸려 있는 중요한 발표시간에 저희 조를 대표해
발표자로 나선 제가 어땠을지 이제 말씀 안 드려도 짐작하시겠죠?
웃음이 터졌을 때 저를 쳐다보시던 교수님의 황당해하는 표정이 잊
혀지지가 않아요. 어릴 때부터 이런 제 자신이 너무 고민이 돼서 어
른들에게 여쭤보면 고민 취급도 안 해주셨어요. 그러다가 딱히 물어
볼 곳이 없어서 고등학생 때는 '지식인'에까지 물어봤다니까요. 하지
만 속 시원한 답변은 들을 수가 없었어요. 무슨 휴대전화도 아니고
때와 장소를 가리지 않고 터지는 이 웃음! 저 정말 어쩌면 좋을까요?

살다보면 내 마음대로 통제되지 않는 감정 때문에 곤혹스러운
순간들이 있다. 어떻게든 우는 모습을 들키지 않으려고 안간힘을 쓰
는데 결국 흐르는 눈물을 주체하지 못하는 경우도 있고, 기운을 내보
려고 노력해도 계속 처지는 기분 때문에 한없이 가라앉고 마는 상황
도 있다. 사람들은 늘 '의지'의 문제라고 이야기하지만, '감정'이라는
것은 때론 의지의 조종을 강력히 거부해 우리를 당혹케 한다.

C양도 무수한 노력을 기울였지만, 참을 수 없는 웃음 때문에

괴로움을 겪고 있는 경우였다. 웃음기 가득한 얼굴로 출연한 C양은 하루에 한 번은 눈물이 날 정도로 웃는다며 고민을 토로했다. 그다지 우습지도 않은 일인데, 오히려 웃기보다는 진지해야 마땅할 일인데 도저히 웃음을 참을 수가 없다는 그녀. 2층침대에서 떨어져 갈비뼈에 금이 가고 살점이 떨어져나갔을 때도, 그 상황이 너무 우스워 한참을 웃기만 하는 바람에 주변 사람들이 장난인 줄 알았다고. 그야말로 그녀가 왜 웃음 때문에 고민하고 있는지를 알게 해주는 사연이었다.

사실 이날 방송에 출연한 게스트들도 우연찮게 장례식장에서 터진 웃음에 대한 공통적인 에피소드를 갖고 있었다. 상을 당한 친구가 너무 술에 취해 다른 방으로 들어가서 한참을 우는 바람에 엄숙한 공간에서도 웃음을 참을 수 없었다는 윤택씨, 향을 피우다가 상주 얼굴을 보니 갑자기 웃음이 터져나와 식장을 뛰쳐나올 수밖에 없었다는 허각씨. 모두가 슬픔에 잠긴 공간에서 터진 웃음 때문에 곤혹스러웠던 경험을 하나씩 털어놓았다. 하지만 C양의 경우와는 엄연히 달랐던 것은, 그들은 어쩌다 겪은 일이었지만 C양은 거의 매일 비슷한 일이 반복된다는 점이었다.

C양의 친구들은 10년 넘게 그녀를 봐왔기에 장례식장이나 발표자리에서 실없이 웃는 모습을 이해할 수 있지만, 그런 사정을 모르는 다른 사람들의 시선이 걱정된다고 입을 모았다. 친구들의 걱정대로 발표수업 때는 두 번이나 다시 기회를 얻고도 결국 웃음 때

문에 발표를 망쳐버려 교수님에게 '외국인보다 발표를 못한다'는 꾸지람을 들었다고 한다. C양의 가족들도 웃는 모습은 예쁘지만, 도를 지나친 웃음이 때로 이해하기도 어렵고 걱정스러울 때가 많다는 생각이었다. 앞으로 나이가 들고 사회생활을 할수록 웃지 말아야 할 일들이 늘어날 것은 당연한 일이기 때문이다.

MC들이 이런저런 질문을 던지며 C양이 왜 웃는지를 살펴봤음에도 마땅한 해결책을 찾아내지는 못했다. 아마 그 이유는 거기에 대한 답을 그녀 스스로만이 알고 있기 때문은 아닐까. 자신이 주체할 수 없는 웃음을 터뜨린 그 순간의 감정을 꼼꼼히 따라가보면 답은 의외로 가까이 있을지 모른다. 그녀가 정신없이 웃어버린 상황들을 살펴보면 무척 긴장되는 순간이거나 아주 슬플 때인 경우가 많았다. 스스로에게 질문을 여러 차례 던져보면 그녀에게 웃음이란, 난감하고 힘든 상황에서 생기는 설명하기 힘든 감정들을 표출하는 자신만의 표현수단이라는 답에 도달할 수도 있을 것이다. 그녀는 정말 난처하고 긴장되고 힘든 순간을 견디기 위해 웃음이라는 우산 아래 숨고 있는 건지도.

결국 그녀는 명쾌한 해답을 얻지는 못했다. 하지만 방송 출연 자체가 그녀에겐 하나의 해답이었는지도 모른다. 스스로의 의지로는 웃음이 컨트롤되지 않는다는 사실을 방송을 통해 많은 사람들에게 알림으로써, 그녀를 향한 오해를 풀 기회를 마련한 셈이었으니까. 통제되지 않는 감정에 대한 그녀 나름의 해결책이었달까.

감정이란 마음이 자극받은 것이 있어서
반응하는 것이다.
반응하자마자 곧 감정으로 나오기 때문에
자신의 마음대로 되지 않는다.

- 『성학집요(聖學輯要)』

"식구들 물건 훔쳐가는 큰딸, 누가 좀 말려주세요"

저는 1남 2녀를 슬하에 두고 있는 한 집안의 가장입니다. 6년 전부터 우리 집 물건을 누군가 자꾸 훔쳐가고 있어요. 쥐도 새도 모르게 사라지는 물건들 때문에 가족들은 매일 난리를 친답니다.

> **부인** : 어머, 내 아이크림 어디 갔지? 당신 내 아이크림 썼어?
>
> **나** : 내가 당신 아이크림을 왜 써?
>
> **아들** : 엄마, 치약이 하나도 없어. 나 나가야 되는데.
>
> **부인** : 그냥 칫솔로만 닦아.
>
> **딸** : 엄마, 나 빨아둔 속옷이 다 없어졌어. 내 속옷 못 봤어?

저 역시 운동을 나가려고 옷장을 열면 운동복이 없고, 신발장을 열면 운동화 역시 자취를 감춘 일이 한두 번이 아닙니다. 집에 도둑이라도 들었느냐고요? 이렇게 온 가족의 물건을 모두 훔쳐가는 범인은 바로 제 큰딸입니다. 큰딸이 6년 전 자취를 시작한 후로 집에 올 때마다 자꾸 가족들 물건을 훔쳐가고 있어요. 물론 자취하는 딸이 필요한 물건을 가져가는 걸 어느 부모가 이해를 못 하겠습니까? 그런데 제 딸은 도무지 이해할 수 없는 것들까지 싹 쓸어가고 있어요. 품목을 한번 쭉 읊어볼까요?

제 아내의 화장품과 옷, 구두, 결혼기념일 선물로 받은 진주목걸이, 제가 갖고 있던 행운의 2달러와 각종 양주, 둘째 딸의 커플티, 잠옷, 속옷, 전자사전에 아들의 몇 벌 되지 않는 티셔츠도 가져가요. 이뿐만이 아니라 저희도 매일 써야 되는 수저, 그릇, 냄비, 다리미, 드라이어, 건조대 같은 생활용품까지 몽땅 들고 갑니다. 큰딸이 집에 왔다 가면 도무지 생활이 안 될 정도입니다. 건조대같이 큰 물건을 어떻게 가져갔느냐고요? 아버지인 저의 차에다가 당당히 싣고 갔죠!

이러다보니 큰딸이 집에 온다고만 하면 다들 방문을 걸어 잠그는 것은 물론, 혹여 외출을 해야 하는 상황이면 나가기 전에 자기 물건들을 카메라로 찍어놓는 지경까지 됐어요. 가족 간의 신뢰와 믿음은 사라진 지 오래입니다. 큰딸은 학원강사를 하고 있어서 돈을 못 버는 것도 아닌데 도대체 왜 이렇게까지 식구들 물건에 손을 대는 걸까요? 큰딸에게 제발 그만 좀 가져가라고 아무리 말을 해도 들은 척도 하지 않고 아무렇지도 않게 또 가져가요.

　가장 큰 걱정은 집에서 새는 바가지 밖에서도 샌다고, 혹시나 밖에서도 친구나 직장 동료의 물건을 막 갖다 쓰지는 않을까 하는 겁니다. 큰딸이 이제 나이도 있고 내 물건 남의 물건 구분할 줄도 알아야 되는데, 다 큰 자식 때려가면서 혼낼 수도 없고 어떻게 해야 제 딸의 도벽을 고칠 수 있을까요?

'경고 발령!' 큰딸이 집에 온다는 소식을 들은 K씨의 아내가 가족들에게 보낸 문자메시지다. 가족이 집을 찾는다는 반가운 소식이 오히려 경고 발령으로 이어진다니 안타까운 노릇. 대체 K씨의 큰딸은 어쩌다 '도둑' 취급까지 받게 된 걸까.

　스물여섯인 그녀는 학원강사로 일하면서 적지 않은 수입을 올리는 덕분에 경제적인 어려움은 전혀 겪고 있지 않다고 한다. 그런데 1~2주에 한 번꼴로 집에 올 때마다 아무런 통보도, 미안한 기색도 없이 물건을 가져가버린다는 것. 사연의 주인공 K씨의 경우는 특별히 가지고 있는 물건이 없어서 피해 규모가 작은 편이고, 유독 아끼는 물건이 많은 작은딸의 경우는 언니가 왔다 갈 때마다 울상이 되기 일쑤다. 이제까지 셀 수도 없이 많은 물건을 빼앗겼는데 전자사전 같은 물건은 나중에 언니 가방을 뒤져보니 떡하니 자기 이름까지 붙여서 쓰고 있었다고 한다.

"물건을 돌려달라고 말하면 언니는 자기 거라고 우겨요. 그러면 제가 영수증까지 제시하면서 제 거라고 얘기하죠. 그렇게 돌려받으면 뭐해요. 카디건은 올이 다 터져 있고 신발은 늘어나 있더라고요. 언니 집에 가보면 제 물건이 쌓여 있어요. 한번은 너무 화가 나서 편지까지 쓴 적이 있어요. 바늘 도둑이 소 도둑 된다고 나중에 언니가 내 자식까지 훔쳐가는 거 아니냐고 썼어요."

이쯤 되면 범죄(?)의 당사자인 큰딸의 이야기가 궁금해진다. 방송에 출연한 K씨의 큰딸은 생각보다 당당한 말투로 가족들의 물건을 가져가는 이유에 대해 설명했다.

"오랜만에 집에 가서 보니까 동생 방이 지저분하더라고요. 방에 늘어놓은 물건들을 보고, 어차피 버릴 거니까 제가 치운다고 생각하고 가져가는 경우가 대부분이에요. 다른 물건들도 이리저리 방황중인 걸 보고 쓸모없는 물건이겠거니 생각했어요. 가족끼리 뭐 어떤가요? 솔직히 이게 왜 고민인지 모르겠어요."

그녀는 전혀 별것 아닌 일로 생각하지만 가족들이 겪는 고충은 상당했다. K씨는 마라톤대회에 참가하려고 마련해둔 운동화가 없어진 사실을 당일에야 알고서 당황했던 적도 있다고. 특히 결혼기념일 선물이었던 고가의 진주목걸이를 가져간 사건은 제법 심각해 보였다. MC들이 가장 놀랐던 대목도 진주목걸이를 훔쳐가서 크기를 줄인다고 리폼하다가 망가뜨린 데 대한 큰딸의 변명이었다.

"목걸이를 가져가고 나서 그게 결혼기념일 선물이었다는 걸 알고 잘못했다는 생각이 들긴 했어요. 그런데 그거 아세요? 제가 생일이 6월인데 6월의 탄생석이 진주거든요. 그렇게 치면 제 것이나 다름없는 거죠."

사실 나쁘게 말하면 집안 망신이 될 수 있는 사연을 어렵게 꺼내든 것은, 어떻게 해서든 딸의 습관을 고치고 싶은 마음에서일 터. 성격 좋고 인자해 보이는 K씨의 얼굴에서 딸이 제발 방송을 통해 자신의 문제점을 돌아봤으면 하는 간절함이 느껴졌다. 딸의 그런 버릇이 사회생활에서도 나타나지 않을까 하는 게 그의 가장 큰 걱정이었다. 다행히 아직까지 밖에서는 남의 것을 훔친 적이 없다는 K씨의 딸이었지만, 가족들 물건을 가져간 것에 대해 너무도 당당했던 그녀. 하지만 반대로 자신의 물건을 남이 가져가면 어떻겠냐는 MC들의 질문에는 '화가 날 것'이라고 대답해 더욱 원성을 샀다.

그녀의 가장 큰 문제는 자신의 행동에 문제가 있다는 것을 느끼지 못한다는 데 있었다. 즉 가족들의 물건을 가져가는 것이 그녀에게는 '별것 아닌 일'인 것. 남도 아닌 가족인데, 물건을 함께 쓰는 일이 뭐 그리 잘못이냐는 주장이 틀린 말은 아닐지도 모른다. 하지만 자신에겐 그다지 크지 않은 일이 상대에게는 큰일이라면(더욱이 입장을 바꿔 생각하면 자신도 화가 날 일이라면), 그때는 상대의 기준에서 생각하고 행동하는 배려도 필요하지 않을까. 그녀의 진짜 문제는 도벽이 아니라 자신의 입장에서만 생각하는 배려심 부족이 아닐까.

우리는 남에게서 받은 마음의 상처에
즉각 반응한다.
그러나 내가 남에게 준 상처에 대해선
느끼지 못한다.

– 토마스 아 켐피스(Thomas à Kempis)

내가 원치 않는 것은 남에게도 행하지 말라.

–『논어(論語)』

나도 때론 '무서운 사람'이고 싶다

"카리스마가 너무 없어서
사람들이 우습게 봐요"

감정 표현이 서툴러서 고민하는 영어강사입니다. 세상을 살다보면 다급한 일도 있고, 놀라는 일도 있고, 화나는 일도 있고, 억울한 일도 있잖아요? 그럴 때마다 저도 많이 놀라고 화나고 억울하지만, 사람들은 전혀 그렇게 느껴질 않아요. 첫 직장을 다닐 때였어요. 회사 탕비실에 들어갔는데 글쎄, 전기 합선으로 불이 나고 있는 거예요. 당황한 저는 상사인 차장님께 달려가 상황을 보고했죠.

나 : 차장님, 탕비실에 불이 난 것 같습니다.

차장 : 그래? 그럴 리가 있나?

제 차분한 목소리에 별일 없을 거라고 생각하셨던 차장님은 탕비실에 도착하시자마자, "부, 부, 불이야! 소화기 어디 있어? 당장 소화기 가져와!"라며 소리치시더군요. 그렇게 정신없이 불을 끄시고는 제게 엄청 화를 내셨어요.

"이봐, 자네는 자기 집에 불이 나도 그렇게 침착하고 조용히 말할 거야?"

저도 많이 당황하고 놀라서 말씀드린 건데 왜 차장님은 그걸 못 느끼신 걸까요? 어느 날 퇴근길이었어요. 교복 입은 학생들이 제게 다가오더라고요. 저는 속으로 '어린 것들이 내가 마음에 드나보지? 전화번호를 물어보면 가르쳐줘야 되는 건가?' 하면서 제 마음대로 상상을 펼치고 있었는데요. 학생들의 입에서 나온 말은 전혀 뜻밖이었어요.

"저기요! 편의점 가서 담배 좀 사다주세요."

너무 놀라고 당황했지만 제 몸은 어느새 담배를 사들고 나왔더라고요. 그렇지만 어른으로서 따끔하게 혼을 내야겠다 싶어 엄청 화를 내며 한마디 했습니다.

"청소년 여러분, 담배는 정말 백해무익한 거예요. 건강 생각해서라도 많이 피우지는 마세요."

순간 학생들은 킥킥대며 저를 완전히 무시하면서 그냥 가버리더라고요. 이게 다 제 말투와 목소리 때문이에요. 워낙 침착하고 조용하게 말해서 그런지, 무슨 말을 하든 전혀 카리스마가 없어요. 상황에 따라 느끼는 저의 감정이 정확하게 전달이 안 돼서 사회생활을 하기가 너무 힘들어요. 요즘은 오랜 꿈이었던 아이들을 가르치는 직업을 갖게 됐는데요. 이 직업과 제 문제점이 부딪히면서 고민이 점점 더해가고 있습니다. 교사라면 아이들을 혼낼 줄도 알아야 하는데 아무리 화를 내도 전혀 먹히지가 않네요. 야단을 쳐도 무시당하기 일쑤고요. 그렇게 아이들에게 휘둘리는 제 모습을 본 학부모님들은 저를 탐탁지 않게 생각하시는 것 같아요. 어떻게 하면 때로는 무섭고, 때로는 사납고, 때로는 엄한 어른 같은 카리스마를 가질 수 있을까요?

자신이 느끼는 감정을 제대로 표현하지 못해서 고민하는 사람은 우리 주변에서도 쉽게 찾아볼 수 있다. 남들과 사이가 불편해지는 게 싫어서 화가 나도 무조건 참는 사람이 있는가 하면, 좋아하는 마음을 내색하지 못해 애태우는 사람도 있다. 하지만 L씨의 경우는 그 상황이 좀더 심각했다. 얌전하고 차분한 말투와 행동 때문에 주변 사람들이 그녀의 감정을 좀처럼 눈치채지 못하는 것. 게다가 성격도 워낙 내성적이라 화가 쌓여도 표현을 못 한 채, 그냥 한숨 자고 잊어버린다는 그녀였다.

학창시절 반장을 할 때도 고충이 많았다. 목소리가 작아서 큰 소리로 이야기하지 못하는 까닭에 공지사항을 한 사람 한 사람에게

각각 전하거나 칠판에 적어놓았다고. 그런데 한번은 미처 칠판에 적은 내용을 보지 못한 친구가 교실에 갇혀 봉변을 당했다고 한다. 특히 옆 사람이 자기 시험지를 베끼는데도 아무 말도 하지 못하다가 그 사람은 합격하고 자신은 떨어졌다는 사연을 밝히자, 객석에서도 안타까움의 탄성이 흘러나왔다. 함께 출연한 L씨의 친구도 그녀가 갑갑한 적이 한두 번이 아니라고 했다.

"같이 대화를 나누면 무슨 생각을 하는지 잘 모르겠어요. 본인은 짜증이 났다고 말하는데 얼굴을 보면 별로 짜증난 표정이 아니거든요. 심지어는 술에 취해도 감정을 잘 드러내지 않아서 좀 냉정해 보일 때도 있고요. 어디서 부당한 일을 당해도 따지지 못해요. 지난번에 같이 버스를 탔는데, 분명히 예약을 했는데도 자리가 없다는 거예요. 그런데 그걸 따지지를 못하더라고요. 그래서 제가 대신 싸우고 그랬죠."

훌륭한 교육자가 되는 것이 꿈이었다는 L씨는 마침내 아이들을 가르치는 직업을 갖게 됐지만, 성격 때문에 원하는 교육환경을 만들어내지 못하는 것이 가장 큰 고민인 모양이었다. 하고 싶은 일을 하게 되더라도 실제 업무와 자신의 성향이 맞지 않을 때 생기는 어려움은, 사회생활을 하는 사람이면 누구나 겪었을 법한 일이다. 그런데 L씨는 자신의 성격으로 인해 학생과 학부모의 신뢰까지 잃어가고 있는 상황이었다. 진심으로 아이들과 소통하면서 잘 가르쳐주고 싶은 마음에도 불구하고, 원하는 대로 표현이 되지 않는 것에 대해서 그녀 스스로가 느끼는 답답함은 상상 이상이었다.

함께 출연한 L씨의 동료 또한 그녀의 실력을 인정하면서도, 교습 실력도 중요하지만 아이들을 다루고 이끄는 카리스마가 있어야 한다고 조언했다. 방문수업 중에 아이가 붙잡는 걸 뿌리치지 못해 다음 수업에 늦은 적이 있는가 하면, 학부모가 아이를 혼내달라고 부탁해도 혼내기는커녕 아이를 붙잡고 울어버린 적도 있다고. 아이들을 직접 혼내기가 어려워 편지를 써서 건네는 방식을 사용한다고 하나 별다른 효과는 없다고 했다.

이러한 주인공의 고민에 가장 공감한 게스트는 개그맨 홍인규 씨였다. 그는 목소리가 얇고 남자답지 못해 사회생활하기가 어려웠다고 한다. 위계질서가 엄격하기로 유명한 개그맨 세계에서 선배로서 군기를 잡고 야단도 쳐야 하는데 그게 쉽지가 않다고. 집안의 가장이면서 아버지, 선배로서 카리스마 있는 모습을 보여야 한다는 부담 속에서 그 또한 어려움을 겪고 있는 듯 보였다. 홍씨의 경우는 단순히 목소리가 문제였지만, L씨는 말투와 목소리에 내성적인 성격까지 더해져 더욱 난감한 상황이었다.

하지만 방송 출연 후 L씨는 자신에게 건네진 조언들을 토대로 더 적극적으로 표현하거나 엄한 분위기를 잡는 모습을 보이려고 노력하는 중이라고 한다. 특히 학생들이 말을 듣지 않으면 침묵하면서 노려보는 방법을 통해 기선을 제압한다고 하니, L씨가 '카리스마 선생님'으로 거듭날 날도 머지않아 보인다.

나는 힘과 자신감을 찾아
항상 바깥으로 눈을 돌렸지만,
자신감은 내면에서 나온다.
자신감은 항상 그곳에 있다.

– 안나 프로이트(Anna Freud)

스스로를 존경하면
다른 사람도 그대를 존경할 것이다.

– 공자(孔子)

자신의 부족한 점을
더 많이 부끄러워할 줄 아는 이는
더 존경받을 가치가 있는 사람이다.

– 조지 버나드 쇼(George Bernard Shaw)

이성 앞에만 서면 작아지는 나, 방법은 없을까

"여자 손 한번 잡아보는 게 소원이에요"

저는 여자가 많기로 소문난 홍익대학교 미술대학 디자인과에 재학 중인 남학생입니다. 여학생이 재학생의 70퍼센트인 천국 같은 이곳에서 OT, MT, 체육대회, 축제 때마다 여학생들과 같이 어울린다면 남자 입장에서는 정말 좋겠죠? 하지만 제게는 남의 나라 이야기랍니다. 저는 이 많은 여학생 중에 손 한번 잡아본 여학생이 없어요. 대학생활뿐만 아니라 태어나서 23년 동안 단 한 번도 여자의 손을 잡아본 적이 없습니다.

이게 제 고민이에요. 외모나 성격이 비호감도 아니고 나름 재치와 유머감각도 있고 공부와 운동도 괜찮게 하고 노래도 잘해요.

당연히 그림도 잘 그리죠! 그런데 왜 저는 아직까지 여자 손을 못 잡아본 걸까요? 주변을 살펴보면 저는 천연기념물이에요. 여자들은 몰라도 남자들은 저만 빼놓고 다들 열심히 연애하면서 사귀고 헤어지고 하더군요. 제 친구는 여자친구랑 뽀뽀도 해봤대요. 정말 부럽습니다. 한 번이 아니라 엄청 많이 해봤다는군요. 진짜 부럽습니다. 다른 친구는 여자친구가 바뀔 때마다 하루 만에 손을 잡기도 하고 키스도 한다네요. 제게는 정말 꿈 같은 이야기입니다.

저도 진심으로 뽀뽀도 하고 싶고 키스도 해보고 싶죠. 그런데 현실은 스물세 살이 되도록 아직까지 여자 손도 못 잡아본 한심한 인생입니다. 큰맘 먹고 여자한테 고백해보려고 해도 가슴이 쿵쾅대고 차일까봐 불안해서 말도 안 나오니, 제가 스물세 살이 되도록 이 꼴인 거죠. 친구들도 절 진짜 한심하게 봐요.

친구 1 : 너는 멀쩡하게 생겨가지고 왜 여자친구가 없냐? 눈이 너무 높은 거 아니야?

친구 2 : 야! 너 혹시 남자 좋아해?

나 : 미친 거 아냐? 나 진짜 여자 좋아한다고! 여자 생각 진짜 많이 나는데 안 되는 걸 어떡하라고!

노력을 안 해본 건 아니에요. 여자친구를 만들어보려고 클럽에도 가봤지만 춤만 신나게(!) 추고 왔어요. 주변을 보니까 아르바이트를 하면서 많이들 여자친구를 사귀기에, 돈이 아니라 오직 여자를 만나보려는 목적으로 아르바이트까지 해봤어요. 하지만 여자에게 말 한번 못 붙이고 돈만 '성실하게' 벌었습니다. 남자 나이 스물세 살이면 한창 혈기왕성하고 팔팔할 나이 아닌가요! 남들은 잘만 여자친구를 사귀는데 왜 저는 이 모양 이 꼴일까요. 이렇게 살다가 평생 여자 손 한번 못 잡아보고 끝나는 건 아닐까 눈앞이 캄캄해집니다. 정말 궁금해서 그러는데요, 도대체 어떻게 하면 여자 손을 잡아볼 수 있나요? 제발 알려주세요!

방송에 등장한 K군은 누구에게나 쉽게 호감을 살 수 있을 정도로 좋은 인상을 가지고 있었다. MC들의 말에 재치있게 대꾸하는 그의 모습에서 유머감각과 여유도 느껴졌다. 언뜻 보면 여학생들에게 인기도 많고 연애도 잘할 것 같은 모습이었다. 하지만 그는 여자친구를 사귀는 걸 떠나 이성과의 교류 자체를 힘들어하고 있었다.

좋아하는 여자가 아예 없었다면 차라리 다행일 텐데, 그런 것도 아니어서 3년 동안 짝사랑한 여학생이 있었다는 안타까운 고백이 이어졌다. 수십 통의 편지를 쓰고 버리고를 반복하다 몰래 알아낸 전화번호로 메시지 한 통 보낸 것이 전부라고 한다. 기나긴 고민 끝에 보낸 문자메시지의 내용은 단 한마디, '안녕'. 돌아온 답장은 '누구세요?'였다는 슬픈 추억이다. 그리고 어느 날 보니 그 여학생에게 남자친구가 생겨버렸단다. K군은 '그녀가 남자친구와 헤어질 때까지 기다리겠다'는 '순정남'의 풍모를 내비쳤지만, 설령 그 여학생이 남자친구와 헤어진다고 해도 상황이 달라질 건 없어 보였다.

문제는 이런 일을 겪은 이후에도 K군의 행동에는 전혀 변화가 없었다는 것이다. 지금도 마음만큼은 당장 누구라도 사귀고 싶지만, 여자 앞에만 서면 얼어버리는 입 때문에 그의 연애는 늘 상상 속에서만 진행중이었다. 안타까운 마음은 K군의 친구들도 마찬가지였다. 보기에는 멀쩡하고 능력도 충분한 친구가 여자친구를 사귀지 못하고 있으니, 여자에 대해 할 이야기도 없고 전혀 공감대를 형성하지 못한다는 것. 친구의 증언이나 스스로 밝힌 말에서 모두, 여자문제에 대해서는 이상하리만큼 자신감이 없는 K군이었다.

이에 갖가지 상황극으로 자신감 불어넣기에 나선 MC들. 출연한 게스트를 마음에 드는 여성으로 가정하고 고백해보라고 제안했다. 하지만 그는 여성 옆에만 가도 얼굴이 붉어질 정도로 부끄러워했고 눈 마주치기를 힘들어했다. 더듬더듬 고백을 하는 그의 모습은 갑자기 벌어진 상황극이라는 걸 감안해도 무척이나 어색해 보였다. 고등학교 때 키가 작은 것이 콤플렉스가 돼 키 큰 친구들처럼 여자친구를 만나지 못할까봐 걱정을 많이 했다는 K군. 자신이 체구가 왜소해 여자를 지켜주지 못할 것 같다는 고민이 있었고, 그러다보니 점점 이성 앞에만 가면 작아지게 됐다고.

이러한 자신감 부족에 더해 순수하고 순진한 성격이 더욱 이성과의 만남을 힘들게 하고 있었다. 이성을 동성과는 다른 특별한 존재로 인식하다보니, 이성 앞에만 서면 평소대로 하지 못하고 계속 움츠러드는 것. 다행히 방송 이후, 그는 여자친구들과 편하게 대화도 하는 등 많이 달라졌다는 소식을 전해왔다. 부담감을 내려놓고 나니 이성친구 대하기가 한결 편안해졌다는데, 그간 연애를 해야만 한다는 생각이 그를 더욱 얼어붙게 만들었던 모양이다.

사랑받지 못하는 것은 슬픈 일이다.
그러나 사랑할 수 없는 것은 훨씬 더 슬프다.

– 미겔 데 우나무노(Miguel de Unamuno)

사랑을 하고 사랑을 잃는 것은,
전혀 사랑을 하지 않는 것보다 낫다.

– 앨프레드 테니슨(Alfred Tennyson)

Part 2

가까울수록
어렵고 힘든 까닭,
가까운 사람과 편하게 지내는 법

"아들도 아닌 딸이 폭주족이라니, 이걸 어쩌죠?"

저는 오토바이에 미쳐 있는 자식 때문에 잠을 못 자는 엄마예요. 아들 때문에 걱정이 많겠다고요? 아니요. 지금 오토바이를 타고 새벽까지 쏘다니는 제 자식은 아들이 아니라 딸이랍니다. 아들이 그러고 다녀도 걱정될 판에, 딸이 폭주족이라니 어디 가서 얘기하기도 힘들고 제 속만 타들어가죠. 고등학교 때 몰래 오토바이를 사서 새벽까지 타고다니기 시작했던 것 같아요. 스물세 살이 된 지금은 정신 차렸냐고요?

나 : 얘! 너 또 어디 가?

딸 : 어디긴. 오토바이 붕붕~

나 : 아이구…… 너는 정말. 무섭지도 않니? 이번엔 또 어디야?

딸 : 이번에는 양평까지 한번 달려보려고.

나 : 뭐, 양평? 서울 시내도 모자라서 이제 원정까지 가는 거야?

이제는 규모가 더 커져서 전국적으로 놀러다닙니다. 그런 얘기를 들을 때마다 제 가슴은 철렁 내려앉고요. 다른 집 엄마들을 만나보면 딸들이 옷이니 가방이니 사들여서 고민이라는데, 우리 딸은 갑옷 같은 옷을 입고 시커먼 헬멧까지 쓰고는 자기 덩치의 다섯 배만한 오토바이에 앉아 돌아다니니 제가 얼마나 기가 막히겠어요?

우리 딸 표현으로 '필받는 날'에는 밤 아홉시에 나가서 새벽 두세시까지 오토바이를 타다 들어와요. 뉴스에서 오토바이 사고 얘기만 나와도 깜짝깜짝 놀라고, 딸이 나갔을 때 전화벨이 울리면 별의별 생각이 다 든다니까요. 제가 괜한 걱정한다고요? 그런데 정말 병원에서 전화가 온 적이 있습니다. 손이 바들바들 떨리고 눈앞이 캄캄해졌죠. 오토바이 사고가 그냥 사고가 아니잖아요. 양쪽 어깨가 탈골되고 십자인대가 끊어졌어요. 그러고도 정신을 못 차려서 또 오토바이를 타다가 발가락이 부러지고 얼굴이 쓸려서 두 달이나 병원에 입원한 적도 있죠.

그렇게 사고가 나고 합의금을 받고 그랬으면 얌전히 집에 앉아서 제 몸 챙길 생각을 해야지, 뭐하는 줄 아세요? 더 큰 오토바이를 사겠다며 알아보고 있어요. 그 모습을 보고 있을 제 마음이 어떨지 조금 짐작이 가시나요? 엄마 속이 썩어들어가는 건 모르고 우리 딸은 오늘도 시동을 거네요. 우리 딸, 제발 오토바이 좀 그만 타라고 누가 얘기 좀 해주세요!

S양의 어머니는 등장부터 눈물이 그렁그렁한 얼굴이었다. 일주일에 두세 번은 새벽까지 오토바이를 타는 딸 때문에 잠을 설친다는 그녀. 크다면 큰 사고가 벌써 세 번이나 있었으니 어머니 입장에서는 걱정될 만한 일이었다. 반면 함께 출연한 S양 아버지의 입장은 좀 달랐다. 고등학교 때 오토바이를 너무 타고 싶어하는 딸에게 몰래 허락한 게 바로 자신이었다고 했다. 딸의 취미를 이해하지만 사고가 난 뒤에는 그도 걱정이 돼, 아무 말 못 하고 매일같이 아내에게 구박받는 중이라고. 딸을 감싸는 아버지와 그런 아버지를 못마땅해하는 어머니의 모습은 여느 가정에서나 흔히 볼 수 있는 것이었다.

방송에 등장한 S양은 인생의 유일한 낙으로 오토바이를 꼽을 정도로 오토바이에 대한 절대적인 애정을 표현했다. 맹렬한 속도로 달릴 때 몸에 부딪치는 바람, 한순간에 통과하는 터널의 실루엣 등이 주는 느낌을 정말 좋아한다는 그녀. 이전 남자친구도 그녀가 오토바이를 자기보다 더 좋아한다는 이유로 이별을 통보했을 정도라니, S양과 오토바이는 떼려야 뗄 수 없는 관계처럼 보였다. 그녀가 즐기는 오토바이 코스 또한 상당히 다양했다.

"스피드를 즐기고 싶을 땐 쉬는 날 바다까지 가요. 아침 여덟시에 출발해서 강릉 속초까지 미친 듯이 달리는 재미는, 말로 표현 못해요. 코너를 달리고 싶으면 유명산에 가요. 밤에는 동호회 사람들이랑 서울 뚝섬이나 남산에 자주 가고요."

이런 곳을 달릴 때의 속도는 시속 280~290킬로미터. 깜짝 놀랄 만한 속도였지만 오랜 기간 갈고닦은 그녀의 실력은 사진이나 영상만 봐도 수준급임을 알 수 있었다. 실제로 S양이 당한 세 번의 사고는 한 번도 자기 과실인 적이 없었다고 한다. 대부분 불법 유턴한 차량 등에 의한 사고였다고 하니, 실력은 믿을 수 있는 수준인 듯했다. 하지만 오토바이를 탄다고 해서 시속 60킬로미터 정도로 달리는 줄 알고 있었다는 어머니는 그 이야기를 듣고 더욱 충격에 빠지는 모습이었다.

S양이 오토바이에 투자하는 금액도 상당했다. 제빵사로 일하면서 장비 구입을 위해 피자 배달까지 한다는 그녀는, 천만원 상당의 오토바이에 수백만원짜리 장비를 사고 엄청난 기름값을 지불하면서 오토바이 타기를 즐기고 있었다. 자신이 오토바이 장비를 사는 건 다른 여자들이 새로 나온 가방이나 구두를 사는 것과 마찬가지라는 그녀. 사고를 당한 후에는 한동안 오토바이를 타기가 겁나기도 했지만 시간이 조금 지나고 나니 자기도 모르게 시동을 걸고 있었다고. 이쯤 되면 그녀가 정말 오토바이를 좋아한다는 건 누구나 알 수

있는 일이지만 어머니는 여전히 납득하기 어려운 눈치였다. 한 번쯤 오토바이에서 몸을 기울이다가 땅에 몸이 닿아보는 게 소원이라는 딸의 말에 '넌 내 신체의 일부와도 같은데 왜 그러느냐'며 눈물 맺힌 얼굴로 딸에게 윽박을 지르는 어머니였다.

오토바이에 관련된 이야기가 나오자 다소 상기된 표정을 지어 보이던 가수 스컬씨는, 자신이 한때 소위 '마로니에공원 폭주족'이었음을 밝혀 방청객들을 놀라게 했다. 1990년대에 사회적 문제로까지 부각됐던 폭주족 중 한 명이 바로 그였던 것이다. 대형기획사와 계약한 후 즐거운 마음에 오토바이를 타고 진입이 금지된 도로로 들어갔다가 죽을 고비를 넘긴 적도 있다고.

사실 좋아하는 것에는 대부분 이유가 없다. 그냥 좋아서 좋은 것이다. 비록 S양이 겉으로 보기엔 위험천만하게 도로를 질주하는 폭주족이지만, 그녀는 도로에서 지내는 시간보다 훨씬 많은 시간을 자신의 열정을 위해 빵집과 피자가게에서 보내고 있다. S양과 어머니 사이에 이루어질 대화는, 오토바이 자체가 아니라 S양이 오토바이를 타기 위해 보낸 그 묵묵한 시간들에 관한 것에서부터 출발해야 되는 건 아닐까.

사람들은 다 자기 수준에서밖에
이해하지 못한다.

— 이드리에스 샤(Idries Shah)

어떤 것이든 그것에 대해 잘 알지 않고서는
사랑하거나 미워할 수 없는 것이다.

— 레오나르도 다빈치(Leonardo da Vinci)

만약 그대가 자신을 알고자 한다면
다른 사람들이 하는 방식을 보라.
만약 그대가 사람들을 이해하고자 한다면
그대 자신의 마음을 들여다보라.

— 프리드리히 실러(Friedrich Schiller)

"2년째 저와 한마디도 하지 않는 아들, 어떻게 해야 할까요"

저는 하나밖에 없는 아들 때문에 고민인 엄마입니다. 제 고민은 아들이 저하고 말을 하지 않는다는 겁니다. 이 말 듣고 나도 그런 일 있다고 맞장구치는 어머니들 계실 거예요. 사춘기를 겪은 아들딸 두신 분들은 비슷한 경험이 있으시겠죠. 사춘기에는 반항심이 생기고 예민해져서 부모가 말하면 퉁명스럽게 대꾸하거나 아예 무시하면서 문을 쾅 닫고 들어가고 그러잖아요. 그런데 우리 아들의 경우는 많이 달라요. 녀석은 고3 수험생이 되더니 갑자기 저하고 말을 하지 않기 시작했어요. 처음에는 수험생이라 힘들어서 그런가보다 생각했죠. 그런데 이상한 건 다른 가족하고도 말을 하지 않는 게 아니라 오직 저하고만 얘기를 하지 않는다는 거예요. 아버지나 누나들하고는 평소와 다름없이 대화를 해요. 그런데 저하고는 눈도 안 마주치고 물어봐도 대꾸를 안 하더니, 이제는 아예 같이 있는 사람 취급을 하지 않는 것 같아요. 잠깐 그럴 수도 있겠다 했던 게 벌써 2년이라는 시간이 지났어요. 얼마나 답답하고 마음 아픈 시간이었는지 몰라요. 제가 아들하고 얘기하려면 어떻게 하는지 한번 보시겠어요?

> 나 : 오늘 늦었네. 무슨 일 있었어? 뭐하고 왔어?
>
> 아들 : ……
>
> 딸 : 엄마가 물어보시잖아! 왜 대답을 안 해? 너 오늘 뭐했어?
>
> 아들 : 나 오늘 신검 받았어.
>
> 나 : 신검 받았다고? 너 그럼 군대 가는 거야?
>
> 아들 : ……
>
> 나 : 얘! 군대 언제 가느냐고 좀 물어봐봐.
>
> 딸 : 야! 그럼 너 군대 언제 가는데?
>
> 아들 : 곧……

이렇게 아들이 군대 간다는 사실도 딸을 통해서야 알게 됐습니다. 기가 찹니다. 너무 속상해 우울증이 생겼어요. 얼마 전에는 못 마시는 술까지 마신 다음에 아들한테 큰소리도 쳐봤지만 여전히 대꾸도 안 하네요. 혹시 말로 하는 대화에 문제가 있나 해서 메시지도 보내봤지만 대답이 없는 건 마찬가지였어요. 아들하고 저, 둘만 집에 있을 때가 있었는데 그때는 제가 차려주는 밥조차 먹지 않았습니다.

처음부터 저랑 사이가 서먹했으면 차라리 모르겠어요. 그런데 고3이 되기 전까지만 해도 서로 다정하게 지냈어요. 아들이 힘든 일 있으면 저한테 얘기도 하고 주말에는 등산도 같이 가고 그랬거든요. 아이가 고등학교에 들어가면서 제가 조금 바빠져서 예전만큼 대화를 많이 못 하긴 했지만, 특별한 사건도 없었고 저는 엄마로서 해줄 거는 다 해줬다고 생각하고 있었어요. 그런데 아무 이유도 없이 갑자기, 왜 그러는 건지 얘기조차 해주지 않고 그냥 저를 피하고 유령 취급하기만 합니다. 도대체 우리 아들! 하나밖에 없는 우리 아들이 엄마인 저한테 왜 이러는 걸까요?

할 수만 있다면 아들 머릿속에 들어가서 무슨 생각에서 그러는지 보고 싶다는 K씨. 왜 아무리 가까워져도 상대의 마음을 100퍼센트 알 수는 없는 걸까. 제아무리 친한 사람이라도 그의 속내를 꿰뚫어볼 수는 없기에, 우리는 늘 궁금해하고 속을 태우고 답답해한다. 이 사람, 나를 정말 좋아하긴 하는 건지, 내가 느끼는 감정과 비슷한 건지, 상대에 대한 관심이 커지는 만큼 알고 싶은 것이 많아지는 것은 당연지사. 쉽사리 해소되지 않는 궁금증은 마음을 더욱 조급하고 갑갑하게 만든다.

상대가 입에 지퍼라도 채운 양, 자신의 감정이나 생각에 대해 말하지 않는 경우라면 더더욱 그렇다. 말싸움 도중에 입을 다물어버린 애인, 뭐가 불만인지 한숨만 푹푹 쉬어대는 상사, 갑자기 토라져서는 입만 샐쭉대는 친구를 보노라면, 그의 머릿속에 들어가서 진심을 확인하고픈 마음이 불쑥불쑥 치솟곤 한다. 그런데 K씨는 무려 2년이나 아들의 침묵과 마주해야 했으니, 그 마음이 오죽했을까.

그녀는 지푸라기라도 잡고 싶은 심정으로 방송의 문을 두드렸지만, 역시나 아들은 출연을 완강히 거부했다. 제작팀이 간곡히 부탁하고 집요하게 설득해봤지만 좀처럼 생각을 돌리지 않았다. 할 말이 없다는 것이다. 그렇게 애태우길 며칠, 엄마와 아들을 화해시키고 싶은 다른 가족들의 간절한 청을 듣고서야 간신히 긍정의 답변을 내놓았다. 마침내 녹화날. 왜 엄마에게 말을 하지 않느냐는 MC들의 계속되는 질문에 주저하던 그가 말문을 열었다. 그리고…… 그가 힘겹게 털어놓은 이야기는 누구도 상상하지 못한 것이었다.

"누구에게도 한 번도 이야기한 적이 없는데…… 고등학교 1학년 때 왕따를 당했어요. 친구들의 괴롭힘에 학교 가는 일이 지옥 같았어요. 학년이 바뀌고서는 다행히 그 친구들과 다른 반이 돼서 묻어두고 있었는데…… 어느 날 엄마 모습에 그 친구들이 겹쳐지는 거예요. 그때부터 엄마에게 말을 할 수가 없었어요."

K씨의 눈가에 눈물이 번졌다. 하나밖에 없는 사랑하는 아들이 겪어야 했던 험한 고통을 전혀 몰랐다는 미안함, 혼자서 모든 상

처를 감내하면서 아들이 느꼈을 외로움과 두려움에 대한 안타까움이 눈물에 섞여 흐르고 있었다. 얼마나 아팠을까. 얼마나 힘들었을까. 어쩌면 대화가 단절된 후 가장 힘들었던 사람은 K씨보다 아들이었을지도 모른다. 그라고 말하고 싶지 않았을 리 없다. 너무 힘들다고, 아프다고, 속상하다고 말하고 싶었을 것이다. 하지만 자신의 이야기에 놀라고 상처받을 가족에 대한 염려와 애써 잊으려고 노력했던 상처를 다시금 끄집어내고 싶지 않다는 생각이 그의 입을 다물게 했을 것이다.

어쩌면 그는 침묵을 통해 말하고 있었는지도 모른다. 말할 수 없을 만큼의 고통이 있다고, 그 상처를 감당하기가 어렵다고, 생각만 해도 가슴이 저려온다고, 그래서 차라리 아무 말도 하지 않겠다고 침묵으로써 전하고 있었던 것인지도.

누군가의 진심이 궁금하다면, 그가 보여주는 '모든 것'에 집중해야 하지 않을까. 그의 표정, 말뿐 아니라 침묵과 무표정까지도 어쩌면 그의 표현일지 모른다. K씨의 아들은 엄마와의 완전한 대화 차단을 통해, 자신에게 상처가 있음을 표현했는지도 모른다. 말할 순 없지만 그것을 어떻게든 알아내주길, 그래서 다시 엄마와 함께 웃을 수 있게 되길 간절히 바라고 있었던 것인지도.

말하고 싶기에 더더욱 말할 수 없는 상처

촬영 당시, 학원폭력을 겪었다는 아들의 발언이 돌발적으로 나오자 게스트로 출연한 가수 김경호씨의 표정이 이상하게 변했다. 촬영을 마치고 제작진과 게스트가 모두 모여 함께 저녁을 먹는 자리에서 김경호씨는 자신이 학창시절 당했던 폭력이 떠올라 가슴이 벌렁거리고 머릿속이 백지장처럼 하얗게 됐다고 털어놓았다. 20년이 지났는데도 심장이 떨릴 정도로 가슴 아픈 기억이라는 그의 고백에서 학원폭력이 먼 곳의 이야기가 아니라 우리 가까이에 있음을 새삼 절감할 수 있었다.

어쩌면 지금 우리 옆에 '말하고 싶기에 더더욱 말할 수 없는 상처'를 가슴에 묻고 아파하는 사람이 있을지도 모른다. 그에게 필요한 것은 말하라는 다그침이 아니라 마음의 눈과 귀를 열어두고 언제든 들을 준비가 돼 있음을 느끼게 하는 따뜻한 손길이 아닐까.

사랑은
눈으로 보는 게 아니라
마음으로 보는 것이다.

– 윌리엄 셰익스피어(William Shakespeare)

가장 깊은 감정은,
항상 침묵 속에 있다.

– 토머스 무어(Thomas Moore)

"46킬로그램의 감옥에서 탈출하고 싶어요"

저는 7년 전, 사랑하는 남자를 위해 단 6개월 만에 75킬로그램에서 46킬로그램으로 살을 빼고 결혼에 성공한 주부입니다. 제가 75킬로그램이던 연애시절, 지금의 남편은 늘 마른 여자들만 쳐다보더라고요. 이대로 있다가는 다른 여자한테 사랑하는 사람을 뺏길 것 같아서 정말 죽을 각오를 하고 다이어트를 했답니다. 그렇게 결혼까지 했으니 이제 안심이다 싶었죠. 하지만 안도의 순간도 잠시, 결혼을 하고 나서도 여전히 저는 그 46킬로그램이라는 '감옥'에 갇혀 살고 있어요.

남편 : 당신, 오늘 몇 킬로야?

나 : 49.9킬로……

남편 : 거짓말하지 매! 이 배는 뭐야? 뭘 이렇게 먹은 거야? 나 몰래 또 뭘 먹었어!

나 : 아…… 안 먹었어. 진짜 안 먹었어!

남편은 제가 살이 조금이라도 찌면 난리가 납니다. 결혼 후 6년 동안 아침마다 제 몸무게를 체크하는 것은 물론, 식단 조절과 운동 관리까지 해주고 있죠. 제가 매일 먹는 식단이나 하루 운동량이 거의 여자 아이돌 수준이라면 믿으시겠어요? 자기는 아침부터 따뜻한 밥을 마음껏 먹으면서 제게 허락하는 아침식사는 다이어트용 저칼로리 시리얼에 저지방 우유가 다예요. 물론 제게도 밥을 주긴 해요. 점심으로 딱 밥 반 공기요. 반찬은 풀 몇 포기가 끝입니다. 그럼 저녁에 많이 먹으면 되겠다고요? 큰일날 소리! 저녁에 먹는 건 바로 살로 간다고 저녁식사는 아예 없답니다. 대신 운동만 두 시간이에요. 정말 너무하죠?

얼마 전, 남편의 생일에도 남편을 위해 맛있는 음식을 잔뜩 차렸지만 전 한 입도 못 먹었어요. 남편은 친구들과 신나게 먹더라고요. 다이어트를 하려면 같이 하든지, 자기는 음식냄새 솔솔 풍기고 먹으면서 저는 입에도 못 대게 하니 이건 거의 고문 아닌가요? 정말 너무 배가 고파서 남편 몰래 라면을 끓여 방에 숨어 3분 만에 먹어치운 뒤, 증거를 없애기 위해 방향제까지 뿌린 적도 있어요. 눈물나시죠? 매일매일 이렇게 살다가 하루는 더이상 못 견디겠어서 체중계를 때려부순 적도 있답니다.

나 : 더이상은 이렇게 못 살아! 나, 살 못 빼! 아니, 안 빼! 나도 인간답게 먹고 살 거야!

남편 : 야! 이거 왜 이래? 너 연예인들 봤지? 뚱뚱한 연예인 봤어? 네가 보기에도 뭐가 더 예쁘니? 너 다시 뚱뚱해지면 안 볼 거야. 난 날씬한 여자가 좋다고.

그러면서 남편이 무슨 얘기하는 줄 아세요? 자기는 악몽까지 꾼대요. 제가 다시 75킬로그램이 되는 악몽이죠. 그렇게까지 말하는데 어쩌겠어요. 다시 체중계에 올라섰죠. 마음껏 먹자니, 정말 이 혼당할 거 같은 거예요. 하지만 이렇게는 못 살겠어요. 누가 저를 이 감옥에서 좀 구해주세요!

배 검사시간, H씨가 가슴 두근거리는 순간이다. 설레기 때문이냐고? 설마! 좋아서가 아니라 긴장돼 두근거리는 것뿐이다. H씨의 남편은 퇴근하면 가장 먼저 아내의 몸무게를 체크하고 배가 얼마나 나왔는지 만져본다. 어제보다 조금 묵직(?)하다면 어김없이 불호령이 떨어진다.

"오늘은 또 뭘 먹었어!"

H씨가 오직 남편과 결혼하기 위해 감행했던 다이어트는 혹독했다. 뚱뚱하다는 이유로 남편이 자신을 주변 사람들에게 소개시켜주지 않는다는 사실을 눈치챈 이후, 18층 아파트 계단을 왕복해서 오르내리고 하루에 두 시간씩 트레이너의 도움을 받아가며 땀을 뺐다. 단식원에 들어가서 벽에 남편 사진을 붙여놓은 채 밥을 굶은 것도 여러 날. 이렇듯 각고의 노력 끝에 무려 30킬로그램 가까이 감량하는 데 성공했고 결혼에까지 골인했다.

하지만 결혼 후에도 다이어트의 고통이 이어질 거라고는 생각하지 못했던 H씨. 그녀의 남편은 결혼 후에도 아내의 몸매에 자비를 베풀지 않았다. 현재 51킬로그램이라는 H씨는 뚱뚱하지도 마르지도 않은, 딱 보통 체격으로 보였다. 그런데도 남편이 46킬로그램에 대한 집착을 버리지 못하고 끊임없이 다이어트를 강요한 탓에 스트레스성 탈모까지 겪고 있었다. 심지어 임신하면 살이 찔까봐 아이조차 갖지 못하고 있다고 했다. 대한민국 여성 네 명 중 한 명은 자신이 뚱뚱하다고 생각하는 이 사회에서, 스스로도 다이어트에 대한 스트레스를 겪을 텐데 남편까지 몰아붙이니 그 고통은 더욱 배가 될 수밖에. 너무 먹고 싶은 게 있으면 꾹 참고 있다가 한 달에 한 번씩 직장 동료들을 모아 자체 회식을 연다고 고백하는 H씨의 눈에는 그간의 서러움과 속상함이 그대로 묻어났다. 그녀의 남편은 뚱뚱한 아내가 있는 남자들은 전부 외도한다며 자신 역시 아내가 살이 찌면 다른 여자한테 눈길을 줄 것 같다는 말까지 한다고 했다. 본인은 아내에게 자극을 주기 위해 그런 말을 한다지만, 지나가듯 던지는 말에 다친 H씨의 내상은 깊어 보였다.

사랑한다는 말보다 몇 킬로그램이냐는 말이 먼저 나온다는 남편. 아내가 무척 힘들어하니 너무 몰아붙이지만 말고, 좀더 여유롭게 다이어트를 시키면 어떻겠냐는 MC들의 요청에도 좀처럼 소신을 굽히지 않았다. 181센티미터의 장신을 자랑하는 그는, 여자들이 키 큰 남자를 좋아하듯 남자들이 연예인처럼 날씬한 여자를 좋아하는 건 본능이라고 덧붙였다. 그 말에 '뚱뚱한 연예인, 여기 있다'며 발끈한 이영자씨를 포함해 여성 방청객들의 분노가 일제히 쏟아졌다. 게스트로 출연한 그룹 F(x)와 가수 박정현씨 역시 다이어트라는 주제에 대해 할 말이 많아 보였다. F(x)의 엠버양은 한국에서 가수 데뷔를 준비하면서 몸무게를 15킬로그램이나 뺐고, 박정현씨는 먹는 게 취미지만 공연을 위해 몸매 관리를 하느라 패스트푸드나 탄수화물 섭취량을 신중하게 조절한다고 했다. 꿈과 목표를 위해 열심히 살을 뺐다고는 하지만 그 과정이 쉽지만은 않았을 터. 그들 모두 H씨의 사연에 깊이 공감하며, 그녀의 남편에게 원망의 눈길을 보냈다.

하지만 H씨의 남편도 할 말이 끝난 게 아니었다. 과거 아내가 70킬로그램이 넘던 시절에는 아내를 사랑하면서도 주변 시선이 무척 부담이 됐다고 했다. 아내를 가족과 친구들에게 소개하는 게 머뭉거려지고 아내와의 관계에 대한 자신감도 조금씩 사라져갔다고. 그런데 오로지 자신을 위해 살을 뺀 아내의 마음이 예쁘고 고마워서 결혼을 결심했다는 것이다. 그렇다고 해도 이제는 아내를 사랑하는 마음으로 한발 물러설 수는 없는 것일까. 당장은 그럴 생각이 없어 보였다. '일주일에 피자 두 조각만 먹게 해달라'는 H씨의 소박한 소원마저 냉정히 거절했던 것. H씨는 살이 쉽게 찌지만 빼기는 힘든 체질이라는 게 이유였다. 그러면서 그가 덧붙인 말은 이러했다.

"만약에 일주일 동안 힘들게 다이어트했는데 한번 무너져서 바로 2~3킬로그램이 쪄버리면 정작 힘들어지는 건 제 와이프예요. 그리고 와이프가 힘들다, 힘들다 하지만 스트레스는 제가 더 받을 걸요? 다른 사람들 보면 부부 동반으로 고깃집에 가서 데이트도 하고 그러잖아요. 저도 그런 거 정말 해보고 싶어요. 그런데 어떡합니까? 조금만 먹어도 살찌는 와이프 때문에 그런 것도 못 하잖아요. 저도 충분히 힘들어요."

아내를 누구보다 아끼고 사랑하는 것만은 분명한 H씨의 남편. 하지만 아무리 사랑한다고 해도, 상대가 힘겨워하는 일을 계속적으로 요구하는 일은 잘못임에 분명하다. 자신의 생각을 양보하지 않던 H씨의 남편이었지만, 아내가 그간 겪어온 힘든 일들을 하나하나 들으며 마음이 조금씩은 움직이는 모습이었다. 그래서일까. H씨가 방송 후 전해준 소식에 따르면 날씬한 몸매에 대한 남편의 강박은 여전한 편이지만, 그전에는 무조건 살을 빼라고 윽박질렀다면 지금은 정 먹고 싶으면 먹으라고 할 정도로 너그러워졌다고 한다. 그리고 먹은 만큼 운동을 하게끔 도와주는 편이라고. '강요' 대신 '조율'을 선택한 H씨 부부의 관계는 이전보다 훨씬 건강하고 행복해 보였다.

사랑의 첫번째 의무는
상대방에게 귀 기울이는 것이다.

– 폴 틸리히(Paul Tillich)

강렬한 사랑은 판단하지 않는다.
주기만 할 뿐이다.

– 마더 테레사(Mother Teresa)

"2년째 묵언 수행하는 친구들, 말 좀 하게 해주세요"

친구 사이의 우정을 가장 소중히 생각하는 고등학교 2학년 남학생입니다. 저에게는 무척 친한 친구 두 명이 있어요. 그런데 황당한 게 뭔지 아세요? 이 친구들이 저와는 얘기를 많이 하는데 자기들끼리는 말을 안 합니다. 둘 사이에 대화가 끊긴 지 벌써 2년이 지났어요. 서로 잘 모르는 사이라서 그러냐고요? 전혀요. 셋이 같이 밥도 먹고 게임도 해요. 말은 한마디도 나누지 않으면서 놀 건 다 같이 노니까 이상하죠. 늘 함께 다니면서 대화는 나누지 않는다니, 어떠세요? 이야기만 들어도 참 불편하고 어색할 것 같죠? 그 상황의 한가운데에 제가 있습니다.

그럼 두 사람이 할 이야기가 있으면 어떻게 하느냐고요? 저를 통한답니다. 자기들끼리 얘기하면 한 번에 끝날 걸, 저를 거쳐서만 이야기를 하니 이게 뭐하는 짓인가 싶기도 하고요. 이런 상황이니까 그 둘은 저 없이는 절대 안 만나요. 제가 있어야만 모이죠. 솔직히 피곤해 죽겠습니다. 먹을 걸 정하려고 해도 똑같은 얘기를 두 녀석한테 각각 물어봐야 하고, 의견이 다르면 조율을 해야 되니까 또 물어보고…… 전달의 전달의 전달의 전달! 이게 바로 2년 동안 해온 두 친구들과의 대화법이에요.

참다못해 이번 여름에 계곡에 놀러가서 강제로 한마디씩 칭찬을 하라고 했어요. 그러면 말도 트고 사이가 좋아질 줄 알았거든요. 물론 큰 기대는 안 했습니다. 그런데 예상치 않게 두 녀석이 말을 하더라고요. 자기들도 나름 답답했나봐요.

나 : 더이상 못 참겠다. 니들도 말 좀 하면서 지내! 나 너무 피곤하다고. 자, 지금부터 서로 칭찬 한마디씩 해.

친구 1 : 넌 게임을 참 잘해.

친구 2 : 음…… 넌 참 착해.

그러고는 두 녀석 다 입을 닫아버렸어요. 이게 무슨 대화입니까? 최근에 둘이 나눈 대화는 이게 다예요. 서로 이야기할 마음은 있는 것 같은데 왜 이렇게 피곤하게 사는 걸까요? 그냥 말을 하면 되잖아요! 저 마음 편하게 살게 이 녀석들 말 좀 하게 해주세요!

친구끼리 모이면 떠들썩하게 이야기도 나누고 편하게 어울려 놀고 싶은 마음은 당연지사. 물론 친구 중에서도 조금 더 친한 친구가 있고 덜 친한 친구가 있어 둘만 남으면 서먹한 관계가 있기 마련이다. 그러나 그런 경우가 있더라도 만났을 때 좀 어색할 뿐이지, 아예 말을 섞지 않으면서 같이 다닌다는 건 흔한 상황이 아니다. 대체 무슨 일이 있었기에 이들은 아예 말을 하지 않게 된 걸까. 시작은 한 친구의 장난 섞인 한마디였다.

"평상시처럼 같이 축구를 하다가 조금 짜증나는 일이 생겨서 말을 걸지 말라고 했어요. 진짜 말 걸지 말라는 뜻으로 한 게 아니라 싸우면 그런 말 하게 되잖아요. 그런데 그때부터 말을 안 한 게, 어느덧 2년이나 지나버렸어요."

그런다고 정말 말을 하지 않느냐며 황당해하는 MC들. 그러나 감정적으로 예민한 사춘기 때는 충분히 있을 만한 일이라는 의견도 있었다. 특히 중고등학교 여학생들 사이에서는 흔하게 벌어질 수 있는 일이라는 것. 그런데 남고생 사이에서는 흔하게 벌어지지 않을 듯한 이러한 일이 J군의 친구 사이에서 발생한 것은, 소통이 점차 어려워지는 시대여서일까. 이 사연에 대한 스튜디오의 반응은 뜨거웠다.

J군의 친구들은 그렇다고 해서 관계 회복의 끈을 완전히 놓아

버리지는 않고 있었다. 또 중간에서 자신들의 말을 전달하고 의견 조율을 해야 하는 J군의 난처함도 충분히 이해하고 있었다. 사실 J군 도 J군이지만 당사자들이 느끼는 불편함이 가장 컸을 터. 그럼에도 서로가 대화할 기회를 놓치다보니 계속해서 J군에게 의존할 수밖에 없었다는 것. 아예 절교를 할까 생각도 했지만 초등학교부터 고등학 교까지 함께 다닌 사이에다가 J군과도 친하기에 그러고 싶지는 않다 고 했다. 서로에게 말을 걸고 싶은 마음이 있느냐는 질문에 분명히 대화의 의사가 있음을 밝히는 두 사람이었다.

이에 MC들은 둘이 직접 대화를 할 수 있게끔 조심스럽게 유도 하기 시작했다. 눈을 마주치면서 처음 만난 사람들처럼 인사를 나누 게 하는 등, 단계별로 노력을 기울인 끝에 두 친구는 녹화가 끝나고 무엇을 같이 먹을지에 대해 J군을 빼고 직접 대화를 나누는 데 성공 했다.

친구 사이에 이런 일 참 많다. 속은 그렇지 않은데 겉은 토라져 있어야 하는 상황들. 차라리 크게 싸운 거면 제대로 화해하면 되겠 는데 별것도 아닌 일이라 굳이 사과하기도 애매하고 들춰내기도 어 색한 틀어짐이 있다. 그러다가 극적으로 화해하면 예전보다 더 친해 지기도 하는 게 친구 사이다. 그럴 때 중요한 게 화해의 타이밍인데 그 타이밍 잡기가 쉬운 일이 아니다. 이날 J군 삼총사는 방송이라는 좋은 타이밍을 통해 관계를 회복할 수 있었고, 지금은 J군 없이 둘이 서 학교를 오가거나 둘이 따로 노는 일도 많다고 한다.

실타래와 오해는, 풀라고 있는 것

이날 출연한 그룹 카라의 규리양과 지영양은 서먹해진 친구 관계에 대해서는 대체로 있을 수 있는 일이라며 공감했다. 여자친구들 중에는 잘 삐지는 친구들이 간혹 있어 화장실이나 매점을 같이 가지 않았다는 이유만으로 며칠간 입을 다무는 경우도 생긴다고. 그래도 2년씩이나 말을 하지 않은 건 심하다는 생각이었다. 차라리 아예 얼굴을 안 보면서 멀어지는 친구들의 경우는 본 적이 있지만, 얼굴은 보면서 대화는 전혀 하지 않는 상황이 신기하기도 했다고. 이런 사소한 오해로부터 생기는 갈등을 풀어나갈 때, 어느 한쪽이 먼저 용기를 내고 적극적으로 대화를 시도한다면 관계 개선의 여지는 충분하다는 게 그녀들의 조언이었다.

진실된 우정이란
느리게 자라나는 나무와 같다.
그것이 우정이라는 이름을 얻으려면
몇 번의 고통을 이겨내야 한다.

– 조지 워싱턴(George Washington)

벗을 믿지 않음은, 벗에게 속아넘어가는
것보다 더 수치스러운 일이다.
벗은 제2의 자신이기 때문이다.

– 라 로슈푸코(La Rochefoucauld)

"저한테 막말하는 오빠 때문에 화가 나요"

제게는 오빠가 하나 있어요. 언제부터인가 오빠가 저한테 엄청나게 관심을 쏟고 있어요. 오빠가 자상하게 관심 가져주니까 좋은 거 아니냐고요? 전혀요! 이게 관심인지 의심스러울 정도니까요. 제가 화장을 곱게 하고 외출을 할 때면 이런 말을 막 하는 거 있죠!

> 오빠 : 야! 얼굴에 떡칠을 하고 남자라도 꼬시게?

이게 스물두 살 꽃다운 여동생에게 할 말입니까? 옷차림 가지고도 한마디씩 툭툭 던지는데요, 요즘 유행하는 짧은 치마를 입고 나가려면 아버지 들으라는 듯 큰 소리로 말하더라고요.

> **오빠** : 아빠, 얘 옷 입은 꼬라지 좀 봐요. 몸 팔러 나가나봐요.
>
> **나** : 오빠 미쳤어? 짧은 치마 입으면 전부 몸 파는 여자야?

이 정도면 성희롱에 언어폭력 아닌가요? 남이면 벌써 수백 번은 더 고소해버렸을 텐데, 그래도 하나밖에 없는 오빠라 그럴 수도 없고요. 얼마 전엔 제가 운전면허 시험에서 떨어져 마음이 안 좋았어요. 침울하게 앉아 있는데 오빠가 다가오길래 위로해주려는 줄 알았죠. 그런데 웬걸요.

> **오빠** : 뭐야, 너 진짜 떨어졌어?
>
> **나** : 응. 주차할 때 살짝 실수해서……
>
> **오빠** : 너 바보냐? 남들 다 붙는 운전면허를 떨어져? 왜 사냐? 너도 그만 살아야겠다 싶지? 뛰어내리면 한 방에 갈 수 있는 데 데려다줄까?

어떻게 오빠가 동생한테 그런 심한 말을 할 수 있냐고 따져물으면 절 사랑해서 하는 소리라고 합니다. 사랑하는 사람한테 그만 살라고 하는 게 정상인가요? 이것보다 더 심한 욕들도 많지만 노약자와 임산부를 위해서 할 수가 없네요.

가족끼리 힘든 일이 있으면 좋은 말로 위로하고 힘을 북돋워줘도 모자랄 판에, 오빠라는 사람이 저한테 왜 이러는 걸까요? 다른 친구들 얘기 들어보면 오빠가 여동생 아껴주고 귀여워해주는 게 남자친구 못지않대요. 그런 건 바라지 않을 테니까 저한테 상처라도 주지 않았으면 좋겠어요. 제발!

K양의 오빠가 소위 '막말'을 하기 시작한 건 K양이 고등학생이 되고부터였다. 그녀가 밥 먹을 때마다 '네 셀룰라이트, 안 보이냐'라고 비꼬는 것은 물론, 오빠와 여동생의 대화라기에는 수위가 지나친 말들에 스튜디오가 술렁일 정도였다. 방송에서는 차마 말하기 어려운 욕설들도 다수 포함돼 있었다. K양의 오빠에 따르면 동생을 아끼고 사랑하기 때문에 그런 말을 한다는 것. 집안에서 동생을 위한 악역 담당이 자신이라는 주장이었다.

"동생이 중학교 때 한번 엇나갈 뻔한 적이 있었어요. 친구들을 잘못 만나서 청소년이 해서는 안 될 일을 하고 그랬죠. 그때부터 탈선하는 걸 막기 위해 제가 좀 강하게 얘기하기 시작했어요. 집에서 동생을 너무 오냐오냐 키우는 경향이 있어요. 동생이 몸이 약해서 어렸을 때 죽을 고비도 넘기고 또 집안에 여자가 애 하나예요. 그래서인지 아버지가 동생을 심하게 아끼시죠. 그런 걸 보면서 동생 잘되라고 제가 심한 말도 하고 그래요. 저밖에 그런 말을 할 사람이 없거든요."

나쁜 길로 가는 동생을 바로잡기 위해 욕설 섞인 꾸중을 하고 있다는 게 오빠의 변이었다. 꼭 그런 식의 표현을 해야 하느냐는 MC 들의 질문에 '좋게 이야기하면 못 알아듣고 독하게 이야기해야 알아 듣는다, 덕분에 이만큼이라도 큰 거다'라면서 자신의 주장을 굽히지 않았다. 아무리 그렇다 해도 K양은 한창 예민한 20대 초반의 나이. 가장 가깝다고 생각한 사람에게 '술집 여자 같다'라는 식의 말을 매일같이 듣는 기분은 어떻겠는가. 자신을 아끼고 사랑한다면 당연히 따뜻한 말과 위로로 감싸줘야 할 텐데, 왜 꼭 험한 말로 몰아세우는 건지…… 그녀도 오빠의 마음을 이해하기 위해 나름 애를 써봤지만 감당하기 어려운 욕설을 들을 때면 눈물이 날 때가 많았다고 했다. 가족이니까 대화로 풀면 된다고 생각했지만 어느샌가 자연스러운 일상이 돼버린 오빠의 언어폭력은 쉽게 고쳐지지 않았다.

그럼 정말 K양은 오빠가 걱정하는 그런 종류의 탈선을 한 적이 있는 걸까. K양은 어려서 그런 친구들과 잠시 어울린 적이 있었지만 정말 잠깐이었고 이후로는 남들과 다를 바 없는 평범한 삶을 살고 있다고 억울해했다. 이날 함께 출연한 K양의 친구 역시 자신이 보기에 K양이 그럴 우려는 전혀 없고 오빠가 지나치다는 생각밖에 들지 않는다고 말했다. 그러면서 자기에게는 오빠가 없다는 게 다행스럽게 느껴진다고까지 말해 그를 궁지에 몰아넣었다. 이어진 상황극에서 MC들의 권유에 따라 오빠에게 막말을 던지는 K양. 동생의 막말을 들으면서 그 역시 그런 말을 듣는다는 것이 어떤 기분인가에 대해 다시 한번 생각하는 모습이었다.

폭력이 사랑이라는 이름으로 정당화될 수는 없는 것. 방송을 통해 K양의 오빠도 동생의 진심을 어느 정도는 이해한 듯했다. K양 또한 오빠가 자신을 소중히 생각하고 있으며 그런 마음이 심한 말들로 연결됐다는 것에 대해 조금은 받아들이는 눈치였다. 방송 후 K양과 오빠는 이전보다 사이가 훨씬 좋아졌고 오빠의 막말 또한 거의 사라졌다고 한다.

거친 표현도 애정은 애정?

남매 사이에서 벌어지는 갈등에 대해서는 이날 출연한 배우 강동호 씨가 특히 공감하는 모습이었다. '내 입장에서는 이쪽 오누이가 부럽다'며 말문을 연 그는 자신은 여동생과 나이 차이가 여덟 살이나 나서, 둘이 있으면 너무 서먹하고 어색해 더 가까워지고 싶은 마음이 많다고. 강씨는 오빠 입장에서는 동생을 놀리면서 그 반응을 즐기려는 심리도 있기 때문에, 오히려 동생이 예민하게 반응하지 않고 아무렇지도 않게 넘기면 오빠가 제풀에 지쳐 심한 말을 그만둘 것 같다고 조언했다. K양의 오빠가 하는 행동도 K양에 대한 거친(?) 애정 표현인데, 너무 심각하게만 생각하지 않았으면 좋겠다는 바람이었다.

아무도 사과하지 않는 가족은
학대하는 가족으로 가기 위한 출발점이다.

– 카렌 쇼드(Karen Shaud)

눈물로 걷는 인생의 길목에서
가장 오래, 가장 멀리까지 배웅해주는
사람은 바로 우리 가족이다.

– 권미경, 『아랫목』

꽉 막힌 아버지 vs. 철없는 아들

"남의 말은 절대 안 듣는 아버지와
대화하고 싶어요"

저는 스물세 살, 토종 부산 사나이입니다. 부산 사나이 하면 자존심
세고 욱하는 성격으로 유명하지 않습니까. 저도 그런 부산의 아들이
지만 저보다 훨씬 더 강력한 부산 사나이가 있어요. 바로 자신의 말
만 무조건 옳다고 하고, 다른 사람의 의견은 절대 받아들이지 않는
제 아버지입니다. 이런 아버지 밑에서 저의 모든 의견은 거의 3초 안
에 묵살되고 말죠. 면도기 하나 살 때도 우리 부자 사이에 무슨 대화
가 오가는지 아십니까.

　　나 : 아부지, 제가 인터넷에서 알아봤더니 P 면도기가 좋다카던데예?

아버지 : 고마 시끄럽다! 면도기는 무조건 B야! 내 말 들어! B 면도기 모터

가 좋다 안 하나! 잔말 말고 B로 사와!

아들이 좋다고 하면 조금 생각해보실 수도 있는 거잖아요. 그
런데 절대 남의 이야기는 듣지 않으시니 솔직히 아버지한테 말 걸기
도 무섭습니다. 그렇다고 그게 무서워서 아예 아버지한테 여쭤보지
않고 제 마음대로 하는 날에는 난리가 납니다. 요새 남자들도 파마
하는 게 유행이잖아요. 그래서 거금을 주고 파마 한번 했더니 저희
아버지 바로 호통치십니다.

아버지 : 대가리 꼴이 그게 뭐꼬? 남자 머리는 스포츠가 최고야!

나 : 아부지! 제가 무슨 군인입니꺼? 요새 다른 아들은 다 이 머리 하고

다녀예!

아버지 : 니가 무슨 가시나야? 남자가 빠마는 뭐할라꼬 해! 스포츠머리를

하란 말이야!

헤어스타일은 눈에 딱 띄니까 그렇다고 쳐요. 집에서는 로션
하나도 제 의지대로 바를 수가 없답니다.

아버지 : 너 뭘 그래 쳐바르노?

나 : 에? 로션인데예?

아버지 : 로오션? 사내 자식이 무슨 로션?

나 : 아부지! 남자 피부는 무슨 사포입니꺼? 요새는 남자도 다 이런 거 바릅니더!

아버지 : 시끄럽다! 내 어릴 때는 동동구리무 한번 안 바르고 다 잘 살았다! 니가 가시나가? 고만 쳐발라라!

이 정도면 그래도 웃으면서 넘어갈 수 있죠. 지난번엔 이가 아파서 치과에 갔더니, 의사 선생님이 교정을 하라고 하시더라고요. 비용도 비싸고 해서 하는 수 없이 아버지께 상의를 드렸죠.

나 : 아부지요, 치과에서 이빨 교정해야 된다카던데요?

아버지 : 시끄럽다! 무신 헛소리고? 니가 고기를 못 씹나, 밥을 못 씹나!

나 : 그게 아이고요, 의사들이 지금 교정 안 하면 나중에 크게 고생한다고 교정해야 된답니더!

아버지 : 시끄럽다! 의사들이 다 돈 벌어 쳐먹을라고 하는 소리다! 내 어릴 적에는 교정한 사람 하나 없어도 잘 살았다! 고마 드가 잠이나 자라!

아들의 이가 망가진다고 해도 듣질 않으시는 아버지! 의사들의 말보다 자기의 생각을 더 믿는 아버지를 도저히 꺾을 수가 없어 그나마 말이 통하는 큰아버지께 부탁해서 겨우 교정을 할 수 있었습니다.

이렇게 항상 본인의 생각만 옳다고 고집하고, 제 의견은 들으려고도 안 하시는 아버지 때문에 점점 아버지를 피하게 되네요. 가뜩이나 요즘 진로나 미래에 대한 얘기를 나눠야 할 시기인데, 말만 꺼내면 야단을 치시니까 아버지와 제대로 된 대화 한번 못 하고 있어요. 저도 다른 친구들처럼 아버지와 이런저런 대화도 하고 술도 한잔하는 그런 부자지간이 됐으면 하는데, 왜 이렇게 우리 부자는 대화가 안 될까요? 무슨 방법이 없을까요?

M군은 자신의 말을 잘 들어주지 않고 본인의 생각만 강요하는 아버지 때문에 속이 많이 상한 눈치였다. M군한테만 그러는 건 아니지만, 아버지 기준에서 '남자답지 못한 짓'을 가장 많이 하는 자신한테 유독 꾸중을 자주 한다고. 그는 아버지를 욱하는 성품이 있는데 그걸 조절하지 못하고 새로운 생각도 전혀 받아들이지 않는 고지식한 사람으로 생각하고 있었다. 옛날 생각만 하는 아버지가 답답한 아들, 철없고 세상 물정 모르는 아들이 못마땅한 아버지. M군과 아버지가 바로 그런 갈등을 겪고 있었다.

이날 함께 출연한 M군의 어머니는 아들의 편을 들었다. 아들이 무슨 이야기를 하든 일단 소리부터 지르니 대화가 되지 않는 편이라고. 아버지가 너무 혼을 내고 엄하니까 아들이 혹시 삐뚤어지지는 않을까 걱정했는데, 그렇게 되지 않은 것만도 고맙게 생각한다는 어머니였다. M군의 아버지는 아들에게 못마땅한 것이 무엇이고, 뭘 원하기에 그렇게 윽박지르는 걸까.

"자꾸 외모에 신경쓰는 게 마음에 안 듭니다. 머리에 신경쓰고 피부에 신경쓰고 그런 게 남자답지 못하잖아요? 내가 가끔 아들 말을 잘 안 들어준다는 건 인정하겠는데, 맞는 말을 할 때도 뭐라고 한다고 대들고 또 아내가 그런 아들을 감싸고 그러는 거 보면 그게 또 마음에 안 들고 그래요. 전 우리 아들이 남자다운 사람이 됐으면 좋겠습니다."

자식 이기는 부모 없다고, M군이 원하는 대로 파마도 하고 교정도 했기 때문에 결국 자신이 져준 셈이라는 아버지다. 하지만 아들이 원하는 건 단순히 자신이 원하는 걸 하는 게 아니라 아버지와 진솔한 대화를 나누어보는 것. 그럼에도 M군의 아버지는 그런 것 자체가 특별히 고민거리라고 생각하지 않는 듯했다. 그래도 MC들의 권유에 따라 어색하나마 아들과의 진솔한 대화를 시도해본 그의 표정은 나쁘지 않았다. 하루아침에 속깊은 대화를 나눌 수는 없겠지만 아들이 어떤 이야기를 하고 싶어하는지 조금은 알아채지 않았을까. 그 덕분인지 추후 M군이 전해온 말에 따르면 무슨 이야기만 하면 아버지가 소리를 지르는 일은 상당히 줄어들었다고 한다. 그렇지만 고집은 여전하다고. 컴퓨터를 포맷하다가 아버지의 중요한 자료가 없어져 대판 싸운 적을 빼면 아직까지 예전처럼 심각하게 부딪친 적은 없다는 반가운 소식이다.

금속은 소리로 그 재질을 알 수 있지만,
사람은 대화를 통해서 서로의 존재를
확인한다.

– 벨타사르 그라시안(Baltasar Gracián)

지혜는 들음으로써 생기고,
후회는 말함으로써 생긴다.

– 영국 속담

아무리 사랑해도 이해할 수 없는 것들

"자린고비 우리 남편, 너무한 거 아닌가요?"

저는 남편 흉 좀 보려고 나온 주부입니다. 우리 남편은 너무 구두쇠예요. 우리 부부 한 달 생활비가 얼만지 아세요? 15만원입니다. 뉴스를 보니까 우리나라 3인 가족의 최저생활비가 한 달에 121만원이라고 하는데 이게 말이 되나요. 정말 돈이 없어서 아껴쓰는 거면 어쩔 수 없죠. 그런데 우리 남편이 돈이 없지 않아요. 잘나가는 닭갈비 가게 사장님이고요, 모아둔 돈도 억소리 나게 있답니다. 제가 무슨 사치를 하자는 것도 아니고, 쓸 때는 써야 사람이 사람답게 살지 않겠어요?

15만원으로 제가 해야 하는 일들을 한번 나열해볼까요. 두 살

106。

배기 기저귓값, 식비, 통신요금, 전기세, 가스비까지 다 해결해야 해요. 이게 가능하다고 보시는 건 아니죠? 요새 밥 한 끼만 먹어도 몇만 원이잖아요. 전 결혼식의 꽃인 신혼여행도 못 갔답니다. 이유가 뭐겠어요? 돈이 드니까 못 간 거죠.

> 남편: 돈 아깝고로 신혼여행을 뭐할라고 가노! 나중에 돈 마이 벌어놓고 그때 가재!
> 나: 아이고. 신혼여행을 신혼에 가지 돈 벌어놓고 가는 게 그기 무슨 신혼여행인가? 아이고 내 팔자야.

결혼 3년째지만 우리 집엔 변변한 살림살이 하나 없답니다. 가구는 어디서 마련했느냐고요? 남편의 해결책은 이랬어요.

> 나: 집에 이불장이라도 들여놔야 안 되겠나? 가구 몇 개만 좀 사재!
> 남편: 돈 아깝고로 가구를 뭐할라고 사노! 저짝 쓰레기 모아놓는 데 가면 쓸 만한 거 많다. 주워서 써라!

네, 신혼집이라고 꾸며놓은 우리 집에는 남들이 쓰다 버린 낡고 허름한 가구들로 잔뜩 차 있답니다. 결혼 3년 동안 생일 선물은 딱 한 번 받아봤어요. 그 선물이라는 게 뭔지 상상도 못 하실 거예요.

이 짠돌이 남편이 선물이라니, 해가 서쪽에서 뜰 일이잖아요.

뭔가 하고 봤더니 글쎄, 이천원짜리 과자 한 봉지더라고요. 차라리 주지를 말든가 사람 놀리는 것도 아니고 대체 이게 뭘까요. 과자를 주고 자기도 미안했는지 뭐 다른 거 먹자고 하더라고요. 그래서 제가 고등어 한 마리만 먹자고 하니까 금방 갖고 온다고 해서 저는 또 엄청 기대했죠. 그런데 남편은 고등어를 구하러 시장에 가질 않고 낚싯대를 챙기더니 바다로 가데요? 그리고 각종 고기를 30마리나 잡아와서 한 달 동안 아껴먹으라며 줬습니다.

돈을 아끼기 위해서 온갖 수렵과 채집까지 하는 우리 남편! 작년에는 고속도로를 지나다가 차에서 떨어진 배추 열 포기를 발견하고 목숨을 걸고 배추를 주워와서 그걸로 김장을 했습니다. 저 언제까지 이렇게 살아야 할까요? 많은 거 바라지 않습니다. 그냥 남들만큼만 쓰면서 살고 싶어요!

P씨가 밝힌 남편의 절약정신은 누가 봐도 도가 지나친 부분이 있었다. 버린 옷을 주워 입거나, 쓰레기봉투를 사지 않고 동네를 돌아다니면서 덜 채운 봉투를 찾아 쓰레기를 버려왔다는 일화에 대해서는 대략 '그럴 수도 있다'는 분위기였다. 그러나 P씨가 임신 후 힘들게 닭갈비가게에서 일할 때도 임부복 한 벌을 사주지 않았고, 바나나를 먹고 싶어하는 아내에게 썩기 일보 직전의 바나나를 가져다주는 등 임신 때도 제대로 챙겨준 적이 없다는 이야기가 나오자 스

튜디오가 술렁거리기 시작했다. 급기야 생후 17개월 된 아이가 있는 데도 겨울에 보일러를 땐 적이 없고 아이에게 값싼 두유를 먹이는가 하면 기저귀를 제때 갈아주지 않는 것으로 돈을 아낀다는 이야기까지 나오자, MC들과 방청객 모두가 이해하기 어렵다는 반응을 보였다.

솔직히 이런 사람인 줄 모르고 결혼했다는 P씨가 결혼해서 처음 살림을 시작한 곳도 여느 가정집이 아니라 창고로 쓰이던 컨테이너 박스였다고 한다. 그녀는 이야기를 털어놓는 중에 지나치게 적은 생활비로 어렵게 아이를 낳고 가계를 꾸려오면서 느꼈던 설움이 북받친 듯 결국 울음을 터뜨리고 말았다.

"친구 소개로 만났는데 각자 사는 집이 거리가 멀었어요. 그러다보니 딱 일곱 번 만나고 결혼했어요. 그때는 닭갈비집 사장님이라고 해서 이런 걱정을 하면서 살 거라고는 상상도 못 했죠. 전화비가 아깝다면서 커플요금제를 해서 무료통화 시간대에만 통화를 하고, 프러포즈도 돈 안 드는 인터넷 채팅으로 했는데 그때는 서운하다고 생각도 못 했어요. 그냥 무조건 좋았으니까요."

아내의 눈물을 본 P씨의 남편 또한 침울한 모습이긴 했다. 하지만 결혼 후 달랑 이천원짜리 과자 한 봉지를 선물한 것을 지적하는 MC들에게 '700원짜리로 사려다가 선심썼다, 과자 치고는 비싼 거다'라고 대꾸하는 모습에서 당장의 변화를 기대하기는 어려워 보였다.

예상대로 P씨의 남편은 어려서 어렵게 자란 과거가 있었다. 홀어머니가 붕어빵 장사로 벌어오는 돈으로 힘들게 성장했는데, 그렇게 살다보니 아껴쓰는 게 생활화가 됐다는 변이다. 고생했던 사람들이 으레 그렇듯이 P씨의 남편은 '빨리 모아서 잘살겠다'는 생각 외에는 다른 고민을 할 여유가 없어 보였다. 외식이 하고 싶다는 아내의 말에 '우리 집이 식당인데 무슨 외식이 필요한가'라고 반문하는 P씨의 남편. 그의 꿈은 자기 소유의 가게를 갖는 거라고.

"지금 하고 있는 가게는 제가 사장이라고는 하지만 세를 얻어서 운영하고 있어요. 지금 좀 힘들어도 열심히 아끼고 살아서 제 가게를 가져보는 게 꿈이거든요. 2층에는 우리 집이 있고 1층에는 제 가게가 있는 제 건물이 생길 때까지는 아껴야 할 것 같아요."

방송에서 P씨의 남편은 아내의 사연이 많은 공감을 얻자, 아내가 힘든 것을 조금은 이해할 수 있을 것 같다고 말하며 닭갈비 50인분을 녹화장으로 가져오겠다고 약속하는 등 달라진 모습을 보이기도 했다. 현재는 땅도 사고 건물도 지을 예정이라고. 남편의 오랜 소원을 알게 된 아내 역시 이제는 즐거운 마음으로 '자린고비 생활'에 동참하고 있다고 한다.

희망이 없으면 절약도 없다.
우리가 절약하고 아끼는 이유는 무엇인가.
미래를 위해서다.
미래가 없다면 되는대로 살아갈 것이다.
미래의 건설을 위해서 한 푼이라도 절약하자.
절약하는 마음밭에 희망이 찾아온다.
절약과 희망은 연인 사이니까.

– 윈스턴 처칠(Winston Churchill)

"군대를 가야 하는데
여자친구의 친구 때문에 불안해요"

이틀 후면 군대를 가야 하는 스물한 살 남자입니다. 말만 들어도 우울하시죠? 아마 저는 방송도 군대에서 봐야 할 것 같아요. 다 털어내고 홀가분하게 입대해서 몸 건강히 생활하고 싶은데 이 상태로는 도저히 입대를 못 할 것 같아요. 너무 불안합니다. 바로 사회에 남겨 둬야 하는 제 여자친구 때문입니다. 더 정확히 말하면, 제 여자친구의 가장 친한 친구 때문에 군대 가기가 싫어요.

제 여자친구의 친구는 바람둥이입니다. 그 친구가 뭐라고 하는지 아세요? 사람은 좌심방, 좌심실, 우심방, 우심실까지 심장이 네 개라서 네 명을 동시에 사랑할 수 있다나요? 어처구니가 없죠. 그

친구는 아무 데서나 마음에 드는 남자를 보면 바로 작업을 개시합
니다.

　　직원 : 주문하시겠어요?
　　친구 : 아이스커피 한 잔이요.
　　직원 : 네, 잠시만 기다리세요.
　　친구 : 어머, 잠깐만. 딱 내 스타일이다! 저기요, 나 너 좋아해!

　　저 같은 사람은 상상도 못 할 자신감이죠. 길을 지나가다가도
마음에 드는 남자가 있다 싶으면 바로 쫓아갑니다.

　　친구 : 저기요!
　　남자 : 네?
　　친구 : 나, 너 좋아해!

　　이 정도면 '국가대표급 헌팅녀' 아닙니까? 그런데 신기하게도
얘가 작업을 건 모든 남자들이 싫어하질 않아요. 오히려 이쪽에서
슬쩍 건드리면 저쪽에서 더 달려든다니까요. 남이사 무슨 상관이냐
고요? 문제는 제 여자친구가 그 친구랑 늘 함께 지낸다는 겁니다.
정말정말 제 여자친구가 그 친구처럼 바람둥이가 되지 않을 거라고
믿죠. 원래 그런 스타일도 아니고요. 하지만 같이 지내는 사이에 조

금씩이라도 물들지 않겠어요? 게다가 그 친구가 제 여자친구한테 계속 바람을 넣고 있어요.

> 친구 : 남자는 군대 갔다 오면 다 변한다. 젊을 때 한 사람이라도 더 만나
> 봐야 돼! 그러니까 내가 남자 만날 때, 너도 자꾸 만나봐야 된다고.

이렇게 제 여친에게 악마의 유혹을 끊임없이 해대는데 제가 마음 편히 군대 가게 생겼습니까. 남자가 군대에 가면 망부석 같은 여자도 변심하기 마련인데, 이렇게 무시무시한 친구가 곁에 있는 상황에서라면 더더욱 제가 불안할 수밖에 없는 거죠. 군대를 안 갈 수는 없는 거고, 제가 마음 놓고 군대 갈 수 있는 방법 좀 알려주세요!

대한민국의 신체 건강한 남자라면 누구라도 피할 수 없는 군생활. K군 역시 입대를 하게 됐지만 사랑하는 여자친구 S양과의 관계를 걱정하는 중이다. 여자친구가 자신을 기다릴 것은 믿지만 S양의 가장 친한 친구가 바람둥이라는 사실이 못내 걱정된다는 K군. 그 친구는 K군의 표현에 따르면 1년 내내 돈이 없어도 얻어먹고 살 수 있을 만큼 주변에 남자가 많다고 한다. 이날 방송에 나온 S양 친구는 네 명을 동시에 사귀었다는 것은 오해고 그냥 동시에 네 명의 남자랑 연락하고 지낸 적이 있다고 했다.

"만나서 밥도 먹고 영화도 봐야 하고 이것저것 할 게 있잖아요. 그럼 한 가지를 한 명씩하고만 한다고 생각하고, 오전에는 얘랑 놀고 오후에는 다른 애랑 놀 수 있는 거 아니에요? 그러다보면 일주일에 열 명씩 만날 수도 있는 거고요."

과연 바람둥이라고 불릴 만한 S양의 친구였다. 그녀는 애인은 사랑하는 것이고 다른 남자들은 좋아하는 것이므로, 꼭 한 남자와만 연락하고 지내고 싶지는 않다고 당당히 밝혔다. 만일 남자친구가 다른 여자를 만나다가 사랑에 빠져 자신과 이별하더라도 미련 없이 보내주겠다는 말에 MC들은 '정말 쿨하다'며 그녀의 연애관을 인정했다. 그녀는 자신이 남자를 많이 만난다고 해서 S양한테까지 남자를 소개시켜주지는 않을 것이므로 K군이 안심했으면 좋겠다는 이야기를 했으나 K군은 반신반의하는 모습이었다.

MC들은 친구가 바람둥이라고 해서 여자친구에 대해 불안한 마음을 갖는 K군을 다소 의심하는 눈초리였다. 혹시 여자친구를 믿지 못하는 것을 괜히 친구 탓하는 게 아닌지 물어보자 그는 여자친구에 대해서는 확신한다며 못을 박았다.

"담배 같은 것도 친구 따라서 피우는 경우가 많잖아요. 남자 만나는 것도 크게 다르다고 생각은 안 하거든요. 옆에서 너무 쉽게 만나고 헤어지고 그러는 걸 자꾸 보다보면, 없던 바람기도 생기는 건 아닐까 그게 걱정이에요."

사실 S양이 K군과 만나기 전에는 S양의 친구가 만나던 남자들이 S양에 관심을 보이거나 접근하는 경우도 꽤 있었다고 한다. 물론 K군과 사귀고 나서는 어울린 적이 없다고 하나 그의 걱정도 이해할 만했다. 그러면서 자신이 군대에 가 있는 동안 아예 S양과 S양의 친구가 헤어져 있으면 좋겠다는 강경 발언을 하는 K군. 하지만 S양은 그렇게까지 할 수는 없다며 대신 그를 반드시 기다리겠다는 약속을 했다.

정말 사랑한다면 그 사람을 무조건 믿어주는 것이 가장 큰 사랑의 표현인 법. S양에 대한 사랑이 S양 친구에 대한 작은 원망으로까지 이어졌던 K군도 그녀의 약속에 비로소 입대에 대한 불안감을 조금 덜어내는 듯 보였다. 이날 K군은 누구도 예상하지 못한 깜짝 이벤트를 준비해 S양에 대한 사랑을 표현했다. 그건 다름 아닌 삭발. 그는 여자친구를 위해 이발기를 손수 준비해 '잘 기다려달라, 사랑한다'고 말하며 머리를 삭발했다. 그 모습을 본 S양도 참았던 눈물을 흘리며 '잘 기다릴 것이다, 사랑한다'고 말했다. 두 사람의 애틋한 모습에 스튜디오는 숙연해졌고 함께 울음을 삼키는 사람도 있었다.

아직 K군의 군생활이 끝나지 않은 가운데 S양은 다른 남자를 만나지 않고 K군을 잘 기다리고 있다는 소식이다. 혹시 걱정할까봐 남들보다 더 열심히 편지도 쓰고 틈날 때마다 면회도 가고 있어, 그 역시 안심하고 군생활을 하고 있다고 한다.

믿음이란 온 힘을 다해 노력하는 것이며,
과감한 모험이며,
어떤 상황에서도 봉사할 수 있는 힘이다.

– 사무엘 E. 키서(Samuel E. Kiser)

참된 사랑이란 아름다운 꽃과 같은 것이어서
피어난 지면이 메마른 땅이면 땅일수록
보기에도 한층 더 아름다운 것이다.

– 오노레 드 발자크(Honoré de Balzac)

Part 3

남의 지갑에서
돈 빼내기의 어려움,
사회생활의 고단함

"사장님 취미생활 때문에
일할 시간을 뺏겨요"

웹디자인 회사에서 디자이너로 근무하고 있는 입사 5년차 직원입니다. 웹디자이너라고 하면 모니터 앞에 앉아 마우스를 잡고 있는 모습을 상상하시죠? 하지만 전 출근하면 마우스 대신 면봉과 붓, 핀셋, 거즈를 붙들고 있습니다. 이게 다 사장님의 취미생활 때문이죠. 건담 프라모델을 만드는 사장님의 '악취미' 때문에 전 5년째 건담 돌보미가 됐어요. 건담 돌보미라는 말, 처음 들어보시죠? 아침에 출근을 하면 우선 '건담님'들이 나란히 서 있는 선반의 먼지를 닦아내고 건담님들 위에 쌓인 먼지를 붓으로 털어준 다음, 면봉으로 건담님들의 관절 마디마디를 세세하게 닦아내야 합니다. 이렇게 '유니콘 건담' '해골 건담' 'RX 78 건담'까지 모두 60개가 넘는 건담을 청소하다 보면 어느새 두 시간이 훌쩍 지나가요.

건담 청소를 한다고 본업무인 디자인 일을 줄여주는 것도 아니에요. 일은 일대로 똑같이 해야 하는 탓에 툭하면 야근을 하고, 남들 다 쉬는 주말에 나와 밀린 일까지 처리해야 한답니다. 입사 5년차면 그래도 꽤 경력이 쌓인 거잖아요? 후배들도 많아요. 이 일을 말단사원에게 물려주면 안 되나 싶어 사장님께 슬쩍 말을 꺼내봐도 돌아오는 대답은 늘 똑같아요.

나 : 사장님, 이거 이제 다른 친구가 해도 괜찮을 거 같은데요.
사장님 : 이 'PGQ 03 건담'은 말이야, 아주 중요하고 특별해. 아무나 만질 수 있는 게 아니라고! 오직 너랑 나, 둘 이외에는 절대 손댈 수 없어!

프라모델을 자식처럼 아끼는 사장님의 마음, 이해할 수 있습니다. 그렇지만 하루 이틀도 아니고 5년은 너무하잖아요. 저도 선전포고를 했습니다. 더이상은 건담 청소를 못 하겠다고 했죠. 의외로 사장님은 별말 없이 알겠다고 하시더라고요. 그런데 바로 다음날부터 회사 분위기는 냉랭해졌습니다. 사장님 얼굴이 싸늘해졌거든요. 결국 견디다 못해 저는 다시 면봉을 잡기 시작했습니다.

지금도 건담 수는 계속 늘고 있어요. 사장님은 출근하실 때마다 해맑은 얼굴로 새로 만든 건담을 들고 오시네요. 그럴수록 제 청소시간도 길어지고요, 야근해야 하는 날도 늘어나죠. 건담들을 박살 내고 싶다는 생각이 하루에도 몇 번씩 드는데, 그러면 틀림없이 잘 릴 것 같아 꾹꾹 참고 있습니다. 청소만 하다 세월이 가는 건 아닐까 걱정입니다. 사장님 눈치는 보이고, 청소는 하기 싫고. 저만 이렇게 직장생활을 하는 건 아니죠? 누가 속 시원히 말 좀 해주세요!

출근해서 60개의 건담을 닦는 것으로 하루 일과를 시작한다는 K씨. 하고 싶지 않은 일도 감당해내는 게 직장생활이라고 하지만 면봉으로 건담을 닦는 일은 정말 예사로워 보이지 않는다. 간단한 건 5분, 복잡한 건 30분도 걸린다는 건담 청소. 출근해서 정성을 들여 두 시간씩 건담을 청소하느라 정작 디자이너 업무는 점심식사를 마친 오후부터 시작할 때가 많다고. 그러다보니 야근이 잦을 수밖에 없는 상황이다. 건담을 애지중지하는 K씨의 사장은 청소에 대해서는 그녀에게 완전히 맡겨놓고 자신은 전혀 도운 적이 없다고 한다. K씨의 본업이 디자이너임을 상기시키며 사장에게 항의를 하는 MC들. 그러나 그는 아직 직원의 고충을 살필 생각이 없어 보였다.

"건담 닦는 일이 그렇게 큰일이라고 생각 안 하거든요. 그냥 회사 일 중 하나라고 생각해줬으면 해요. 제가 청소를 아예 안 하는 게 아니라, 집에도 건담이 많이 있거든요. 저는 집에 있는 걸 청소하고 회사에 있는 것만 부탁하는 겁니다. 물론 그거 때문에 가끔 야근을 하는 일도 있다는 건 아는데 그렇게 심각하다고는 생각 안 해요."

건담에 얽힌 에피소드는 한두 가지가 아니었다. 사무실이 이사할 때는 K씨가 건담 포장을 전담했는데, 그 과정에서 건담의 일부가 부서지는 일이 생겼다고 한다. 그때 사장이 일주일 동안 아예 입을 열지 않는 등, 화난 모습을 보여 입장이 난처했었다고. 어느 날은 건담이 없어졌다는 이유로 밤 열두시에 회사에 불려간 적도 있다고 한다. 알고보니 사장의 친구가 건담을 다른 곳에 둔 것을 가지고 다짜고짜 K씨에게 전화를 한 것이었다. 그러면 그렇게 하루도 쉬지 않고 건담을 청소해줘야 하는 이유는 무엇일까. MC들은 K씨의 부담을 줄여줄 수 있는 방법은 없는지 물어봤지만 사장은 '건담이 쉽게 부서지기 때문에 건담을 잘 아는 사람이 계속 청소해줘야 한다'거나 '하루 청소를 안 하면 먼지가 쌓여 그다음 청소가 더 힘들어진다'며 뜻을 굽히지 않았다.

그나마 건담 청소를 빼면 사장이나 동료들과의 관계가 좋고 대우가 괜찮아 스트레스를 받으면서도 직장을 그만두지 못한다는 게 K씨의 사정이었다. 이러려고 취직한 게 아닌데, 여기서 시키고 저기서 시키는 일을 하다보면 내가 뭐하고 있나 싶은 게 직장생활이기 마련이다. 그리다보니 처음에 내가 하고 싶었던 게 뭐였는지도 가물가물하다. 싫은데도 어쩔 수 없이 면봉을 잡아야 하는 K씨의 입장은, 싫은 일도 감내해야 하는 일반 직장인들의 자화상과 다르지 않았다. 하지만 이날 K씨는 다시 한번 방송의 힘을 빌려 더이상 청소는 하고 싶지 않으니 사장이 직접 청소를 하라며 일갈했다.

이날 방송에는 K씨의 사장이 애지중지하는 건담들이 공개돼 눈길을 끌었다. MC들은 직접 K씨처럼 건담을 청소해보며 그녀가 겪는 애환을 체험해봤다. 역시 작은 틈새가 많은 건담은 청소하기가 쉽지 않았다. 실수로 건담을 떨어뜨리자 바로 정색하는 모습을 보일 정도로 K씨의 사장은 프라모델에 대한 애정이 대단했다. 방송 이후에도 이전보다 청소를 하라는 요구는 줄어들었지만 K씨는 여전히 건담을 닦는 일을 하고 있다고 한다.

끝까지 가보면 멈출 수 있다

이날의 게스트 슈퍼주니어의 멤버들은 색깔이나 피규어, 게임 등 각자 하나씩 집착하는 것들을 공개했다. 이특씨는 특이하게 흰색에 집착하는 성향이 있다고 한다. 그래서 옷부터 방 안의 가구까지 모든게 흰색이어야 마음이 편하다고 고백했다. 은혁씨는 K씨의 사장처럼 피규어에 빠져 방 안이 가득 찰 정도로 모으다가, 어느 날 엄청나게 큰 피규어를 선물받은 후 질려서 지금까지 멀리하고 있다고. 어떤 것에 집착하는 자신의 모습을 발견할 때, 아예 그것의 극한까지 가면서 질릴 정도로 해보면 그것으로부터 벗어날 수 있을지도 모른다는 것이 그의 조언이었다.

자신을 가장 관심 있는 목표로 이끌어주는
지도자라 할지라도
자신의 기분을 이해해주지 않는 자의 뒤를
따르지는 않는다.

— 에이브러햄 링컨(Abraham Lincoln)

세상에 사소한 일은 없다.
다만 그 일을 사소하게 생각하는 사람이
있을 뿐이다.

— 공병호, 『공병호의 소울메이트』

사장과 직원, 그 현격한 입장 차이

"짠돌이 사장님, 나빠요!"

저는 IT계열의 벤처 회사에 다니고 있는 직장인입니다. 오늘은 우리 짠돌이 대표님 흉 좀 보려고 해요. 열심히 일하려면 사무실 환경이 일단 좋아야 하는 것 아니겠습니까? 추울 때는 난방하고 더울 때는 냉방하고 목마르면 차 마시고, 이게 기본인 줄 알았는데 우리 대표님 생각은 아닌가봐요. 대표님이 직원들에게 매일 하는 말 때문에 정말 스트레스예요.

> **직원 1** : 대표님, 실내온도가 11도예요. 난방기 좀 켜면 안 될까요?
> **대표** : 안 돼! 10도 이하로 내려가기 전에는 절대 안 돼!

직원 2 : 대표님, 너무 어두운데 불 좀 켜죠?

대표 : 안 돼! 일몰 전까진 절대 안 돼!

직원 3 : 대표님, 형광등 좀 새로 갈죠!

대표 : 안 돼! 깜빡깜빡하기 전까진 절대 안 돼!

'절대 안 돼'를 입에 달고 사는 대표님! 이러다보니 저희가 할 수 있는 건 두꺼운 잠바를 입고 장갑을 낀 채, 어두컴컴한 사무실에서 일하다 일몰시간이 되면 겨우 전기 스위치를 올리는 것뿐이랍니다.

흔히들 사무실에서 많이 애용하는 티백도 한 번만 우려먹었다 간 대표님에게 혼이 납니다. 적어도 세 번 이상 우려먹어야 해요. 퇴근시간쯤에 대표님이 티백을 몇 개나 먹었나 검사하시거든요. 그때 티백을 눌러보고 색깔이 진한 물이 나오면 저희는 죽는 겁니다. 나름 저희도 복수하고 싶은 마음에, 대표님이 자리를 비우기만 하면 종이컵 두세 개씩 막 끼워서 커피믹스 세 개를 타먹는 파티를 해요. 그때 아니면 못 한다 싶어 억지로 막 먹는 거죠. 저희가 정말 이해가 안 되는 건 대표님의 구강청정제 사용법입니다. 청결을 강조하시며 사무실에 구강청정제를 사놓으시는데, 그걸 물이랑 1 대 1도 아니고 1 대 3으로 섞는 거예요. 그렇게 하면 구강청정제를 써도 전혀 상쾌하지 않습니다. 그럴 거면 왜 쓰는 걸까 싶기도 해요. 입을 헹구고도 찝찝해하는 직원들의 표정을 보면 사장님은 한마디 하시죠.

"여러분 이럴수록 조금씩 힘을 냅시다!"

대표님! 티백 다섯 번 우려먹고 힘날 거 같습니까? 일도 힘든데 환한 데서 차도 마음껏 마시면서 일하고 싶습니다. 대표님도 맛있는 차 드시면 기분좋으시잖아요. 우리 대표님 마음 좀 넉넉하게 쓰시라고 누가 얘기 좀 해주세요!

'절약상' 같은 걸 주는 줄 알고 방송국에 왔다는 C대표. 사원들의 심상치 않은 표정을 보고 조금씩 분위기를 파악하는 모습이었다. 이날 녹화장은 사원들의 쉴 새 없는 폭로와 이를 열심히 해명하는 C대표의 청문회 같은 모양새였다. 사원들은 사연에서 이야기한 에피소드 외에 C대표의 '짠돌이 기질'에 대해 이야기할 것이 수두룩했다.

명절에 본인이 받은 선물을 마치 직접 준비한 것처럼 사원들에게 주다가 딱 걸렸다는 이야기부터 시작이 됐는데, C대표는 '나눠쓰면 좋은 것 아니냐'며 능청스럽게 넘어갔다. 그러나 사무실 안에 화장실이 있는데 물을 아낀다고 사무실 밖 공용화장실 사용을 강요한다는 이야기, 화장실 수도를 못 쓰게 해서 간만에 수도를 틀어봤더니 녹물이 나왔다는 폭로 등이 나오고, 이에 녹화장 분위기가 달아오르자 다소 당황한 눈치를 보였다. 직원들의 이야기는 여기서 끝이 아니었다.

"점심을 중국음식점에서 시켜먹을 때가 있잖아요. 짜장면이랑 탕수육을 시키는데 한 군데에서만 시키면 군만두가 하나밖에 안 나온다는 걸 생각하시고, 군만두 두 개를 드실 생각에 두 군데에 나눠서 주문을 하신 거예요. 그런데 하필이면 두 집에서 동시에 배달이 와서 배달원들끼리도 서로 민망해하고, 저희도 너무 창피해서 도망친 적이 있었죠. 그래도 번듯한 회사라고 사무실 잡아서 일하고 있는데 군만두 하나가 아쉬워서 배달을 따로 시켰다는 게 솔직히 창피했어요."

사무실 냉장고에는 토마토주스만 가득 쌓여 있는데 토마토주스 말고 탄산음료를 마시고 싶다는 요청 등, 사원들은 그동안 마음속에만 담고 있던 요구를 주저하지 않고 털어놓았다. C대표는 토마토주스를 좋아하는 줄 알고 계속 사다둔 거였다고 밝히며, 사실은 빨리 먹어서 없애려고 열심히 주스를 마셨다는 사원들의 고백을 듣고 웃음을 참지 못했다.

자기 기준이 확실한 상사. 다행히 나와 스타일이 맞다면 일하기 편할 수도 있지만 물과 기름처럼 섞이기 힘들다면 늘 부딪치기 일쑤다. 그렇다고 상사에게 대들 수도 없어 푸념만 하다, 하루가 다르게 회사 가는 발걸음이 더뎌지는 게 직장인들의 일상이다.

이런 이야기들이 계속 터져나오자 MC들의 궁금증은 '왜 이직을 하지 않는가'로 이어졌다. 업무환경이 열악하다면 대표와 싸우느니 차라리 이직을 생각하면 어떻겠냐는 것. C대표도 이 정도로 불만이 있는 줄 몰랐다면서 회사에 붙어 있는 이유를 한번 들어보고 싶다고 했다. 그러자 사원들은 '이렇게 당한 것을 언젠가 복수해야 한다'며 복수에 대한 일념으로 회사를 다닌다는 농담 같은 진담을 꺼내놓았다. 그렇다면 C대표는 그렇게 아끼는 와중에도 더 아끼고 싶었던 건 없었을까.

"한번은 저에게 복수를 하려고 그랬는지 한 컵에 티백을 무려 세 개나 넣고 먹는 걸 본 적이 있어요. 저는 지지 않고 그걸 여섯 번더 우려먹게 했습니다."

소심한 복수와 소심한 응징이 오가는 C대표의 사무실. 사원들의 원성이 끊이지 않았지만 C대표는 '구강청정제를 원액 그대로 사용하면 독해서 해롭다'면서 '물을 많이 타게 하는 게 전부 사원들을 생각해서 그런 것'이라는 둥, 자신의 기준으로 사무실을 운영하려는 생각을 거두지 않았다. 그러면서 월급이 잘 나오고 가족적인 화기애애한 분위기에서 외국계 회사처럼 편하게 일할 수 있는 본인 회사에오라며 홍보하는 것까지 잊지 않았는데, 그 홍보를 옆에서 듣고 있는 사원들은 그다지 동의하는 얼굴이 아니었다.

그러나 방송에서 꿋꿋한 모습을 보이던 C대표는 정작 녹화가끝난 후 회사에 돌아가서는 냉장고에 탄산음료를 가득 채워놓고, 고깃집에 가서 회식을 하는 등 '쏠 때는 쏘는 사장님'의 면모를 내비치며 확실히 달라진 모습을 보여줬다고.

행복의 반대말은
불행이 아니라 불만이다.

— 정철,『내 머리 사용법』

CEO가 정말 경계해야 할 것은
자기를 둘러싼 만족의 소리가 아니라
'불만족의 침묵'이다.
이것은 누구의 말을 빌리자면
바늘이 떨어지는 소리를 듣는 것과 같은
예민함이 요구되는 부분이다.

— 안철수,『CEO 안철수, 영혼이 있는 승부』

가깝고도 먼 관계, 직장 동료

"너무 당돌한 말단사원, 이거 하극상 아닌가요?"

저는 팀장이란 직함을 가지고 있는 회사원입니다. 6개월 전, 신입사원 면접 심사를 할 때였죠. 아주 씩씩하고 당돌한 응시자가 있었습니다. 면접에서부터 아주 패기가 넘치더군요.

나 : 전에 다니던 회사는 왜 그만뒀나?

사원 : 네, 제게 이중장부를 기입하라는 부당한 요구를 해서 그만뒀습니다!

나 : 만약 우리 회사에서도 자네에게 그런 요구를 하면 어떻게 하겠는가?

사원 : 한 치의 망설임 없이 때려치우겠습니다!

그 대답을 듣고 저는 정말 이 친구야말로 씩씩하고 반듯한 사람이라고 생각해 합격을 시켰죠. 그런데 그 뒤로 제 인생이 꼬이고 있습니다. 이 친구는 도통 저를 팀장 취급을 하지 않아요. 단합을 도모하는 워크숍이 그 첫 시작이었죠. 재미 삼아 한 닭싸움에서 신입사원인 주제에 팀장인 저를 무릎으로 무지막지하게 찍어눌렀어요. 말이 됩니까? 사람들은 재미있다고 막 웃더군요! 아무리 승부라지만 상사면 대충 좀 봐주면서 살살 하는 게 우리 문화 아닙니까? 저는 팀장이고 지는 말단사원인데! 제가 벌러덩 나뒹굴었어요. 그 이후로도 그 친구는 사사건건 저를 무시합니다. 제가 점심 메뉴로 짬뽕을 시키면 뭐라고 하는지 아세요?

　"전 중국음식 싫습니다. 우리 김치찌개 시키죠?"

　같이 차를 타고 가다가 제가 팝송을 듣고 있으면, 또 이럽니다.

　"전 팝송이 싫어요. 우리 가요 듣죠?"

　심지어 술자리에서조차 제가 원하는 술을 마시지 않아요. 저는 폭탄주를 만들 때 소주와 맥주를 1 대 3 비율로 섞는 걸 좋아한다고 분명히 말했음에도 불구하고, 그 말단사원은 마음대로 폭탄주를 만들어서 마셔버립니다. 업무시간에도 이런 일이 비일비재합니다. 거래처 사람에게 함부로 행동하는 걸 보고 팀장으로서 시말서를 쓰라고 했죠.

나 : 보자 보자 하니까 도저히 안 되겠어. 당장 시말서 써서 제출해.

사원 : 시말서요? 에이, 뭘 그런 거 가지고 시말서를 다 써요? 안 써도 괜찮아요.

충격이었습니다. 이게 말이 됩니까? 더이상 참을 수가 없었습니다! 팀장의 명예를 걸고, 드디어 칼을 뽑았습니다. 눈이 펑펑 오던 날이었어요. 전 옥상으로 올라오라고 명령을 내렸죠. 그동안 쌓인 울분을 눈싸움 한판으로 깔끔하게 끝내려고 결투를 신청했습니다. 전 재빨리 기습공격을 했어요. 그런데 단 한 번의 공격 후, 멱살을 잡히고야 말았습니다. 말단사원은 엄청나게 모은 눈덩이를 제 와이셔츠 속으로 무지막지하게 밀어넣었습니다. 너무 추웠어요! 저의 완패였고, 너무나 굴욕적이었습니다. 다음 날 저만 감기몸살로 결근했고요. 말단사원이 팀장을 이렇게 막 대해도 되는 겁니까? 게다가 그 사원은 여사원이라, 눈싸움에서 여자도 못 이겼다는 게 자존심이 상합니다. 회사에서 실추된 제 이미지는 대체 어디서 보상받아야 할까요?

지나치게 당돌한 신입사원 K씨를 두고 '입사 10년 이래 최대의 고민'이라고 말할 정도로 힘들어하는 L씨. 사연에서 공개된 멱살을 잡힌 일 외에도 그가 K씨에 당한 폭력(?)은 또 있었다. 회식자리에서 폭탄주를 먹이거나, 장난삼아 어깨를 툭툭 치는데 운동선수 출신이라서 그런지 K씨의 완력이 보통이 아니라는 것. 다른 사람에게도 그런 식으로 대하면 그러려니 할 텐데 자신에게만 유독 대차게 군다며 불만을 토로했다. 그런 일들은 장난처럼 넘어갈 수 있다고 해도 사사건건 업무적으로 부딪치는 일 때문에 매일매일이 스트레스라는 L씨. 참다못해 화를 내봤지만 무서워하기는커녕 웃으면서 자신의 말을 무시하는 K씨의 모습을 본 후로, 악몽을 꾼 적도 있고 해결방법을 찾기 위해 타로점까지 봤다는 이야기가 엄살처럼 들리지 않았다.

이들 간의 갈등도 결국 직장 내에서 종종 벌어지는, 성격 차이에서 비롯된 갈등이다. 성격이 다른데 직급까지 차이가 있고, 게다가 같은 부서에서 매일 부딪쳐야 하는 사이라면 갈등은 필연적일 수밖에 없다. 함께 출연한 동료 직원은 K씨는 일을 잘하는 성실한 사람이라고 인정하면서 그녀가 워낙 괄괄하고 호탕한 성격인데 반해, L씨는 내성적이고 차분한 성격이다보니 갈등이 벌어지게 된 것 같다고 진단했다. K씨도 직접적으로 L씨와의 성격 차이를 인정했다.

"저는 할 말은 꼭 해야 하는 성격이고 팀장님은 그냥 넘어가시는 스타일인데요. 그런 거 보고 있으면 좀 답답하고 어떨 때는 소심하다는 생각도 들어요. 저 사람은 왜 저럴까 싶어서 좀 싫어진 게 없지 않아요. 솔직히 착한 사람 콤플렉스 같은 게 있는 건 아닐까 의심한 적도 있고요. 저는 그런 사람하고 잘 맞지 않거든요. 그래서 더 팀장님 말씀을 안 들었던 거 같아요."

L씨가 지나치게 자신을 개념 없는 사람으로 표현해서 항변을 위해 방송에 출연했다는 K씨지만, 동료들조차도 자신이 좀 심하다고 느끼고 있었다는 사실을 알고 다소 당황하기도 했다. 특히 시말서를 쓰라고 했는데 따르지 않은 일은 누가 봐도 심하다는 게 대세였는데 K씨는 나름의 입장이 있었다. 상사가 하라면 무조건 하는 게 회사생활에서 당연한 건 아닌 것 같다는 게 그녀의 생각. '직급의 차이를 떠나 누구나 자신의 주장을 말하는 게 당연하다'고 이야기했다.

　　L씨와 K씨의 갈등은 소통에서도 문제가 있어 보였다. L씨는 그녀가 왜 자신만 싫어하는지 말해주지 않는 것을 답답해했고, K씨는 그가 회사 일을 잘 알려주지도 않으면서, 자신에 대한 불만을 직접 이야기하지 않고 이런 식으로 돌려서 표현하는 것을 기분 나빠했다. 가족만큼 자주 보면서 항상 일로 소통하기에 서로를 잘 안다고 생각하지만 실상 어렵고 힘든 직장 동료 관계. 서로의 진심을 들여다볼 수 있는 말 한마디가 이들에게는 필요해 보였다. 다행스럽게도 L씨에 따르면 요즘은 K씨가 자신의 성격을 이해해주고 사이좋게 지내고 있다고 한다.

아주 사소한 것을 이해하는 데에도
의외로 오랜 시간이 걸린다.

— 에드워드 달버그(Edward Dahlberg)

인생 속에 있는 것은 무엇이건간에
겁낼 필요가 없다.
왜냐하면 그것은 오직 이해되도록
기다리고 있을 뿐이기 때문이다.

— 마리 퀴리(Marie Curie)

동업, 목적은 같은데 방법은 달라 험난한 길

"인심 좋은 동업자 때문에 장사가 안돼요"

인천에서 포장마차를 운영하고 있는 청년사업가입니다. 가진 건 없지만 열심히 하면 된다는 희망을 가지고, 2개월 전 번화가에 포장마차를 차렸어요. 오후부터 새벽 다섯시까지 죽어라 일하고 있습니다. 열심히 메뉴도 개발하고, 손님들에게 최상의 서비스도 제공하고 있어서 이 정도면 슬슬 수익이 생겨야 할 텐데요. 지금 전 망해가고 있습니다.

오픈하고 지금까지 번 돈이 정말 10원도 안 돼요. 음식맛이 없어서 그런 거 아니냐고요? 한번 온 손님은 반드시 다시 찾아올 정도로 맛있습니다. 가게 위치도 번화가 한가운데라서 장사가 안되려야 안될 수가 없죠. 그러면 대체 뭐가 문제인지 궁금하시죠? 바로 같이 동업하는 친한 형 때문입니다. 처음에는 함께 일할 사람이 필요한데 낯선 사람하고 같이 일하기는 부담이 돼, 평소 잘 알고 지내던 형한 테 동업을 제안했던 건데요. 글쎄, 이 형이 장사를 어떻게 하는지 아세요?

> 형 : 저 테이블에 서비스 좀 줘야 되지 않을까?
> 나 : 아니! 세 명이 와서 안주 하나 먹고 있는데 뭔 놈의 서비스야?
> 형 : 그러니까 안주가 많이 모자랄 거 아냐. 우리 집에 오신 손님인데 좀 더 주자. 응?

제가 아무리 못마땅해도 결국 형은 그 테이블에 꽁치구이며 김치찌개며 계란말이를 무한대로 퍼주더라고요. 그러니 수익이 날 리가 없지요. 지난번에는 간만에 열 명이 넘는 단체 손님이 왔었어요. 드디어 한 방에 매상을 올리는구나 싶었던 저는 무척 흥분했습니다. 많이들 먹고 가길래 잔뜩 기대를 품고 계산을 한 형에게 다가갔습니다.

> 나 : 이야! 두당 2만원씩만 쳐도 오늘 매상 20만원은 후딱 넘겠다! 계산됐지? 얼마 받았어?
> 형 : 응. 7만원.

나 : 뭐 7만원? 아니. 판 음식이 몇 갠데 7만원이야? 말이 돼?

형 : 아니…… 얘기를 들어보니까 사정이 힘든 분들이신 거 같아. 그래서 좀 싸게 해드렸어. 그냥 우리가 좀더 고생하자. 응?

자선활동하자고 차린 포장마차도 아닌데 오픈해서 매일매일 이 모양 이 꼴이니 제 마음이 어떻겠어요. 포장마차 일이 쉬운 것도 아니고 밤낮을 바꿔가면서 쉴 새 없이 하는 일이잖아요. 그렇게 고생해가면서 하는 일인데 제일 많이 남을 때가 재료비 빼고 달랑 만원 정도니 보통 큰일이 아니잖아요? 그마저도 둘이 반씩 나누고 차비와 밥값을 빼면 오히려 마이너스입니다. 저희 집 형편이 좋은 것도 아니고, 형은 더 안 좋아요. 통신요금도 체납된 상태라서 얼마 전에는 인터넷도 끊겼다네요. 곧 살고 있는 집도 내놔야 할 판에 혼자서 '천사놀이'를 하고 있는 저 형을 어떡하면 좋을까요. 형한테 누가 한마디 해주세요!

큰 결심을 하고 포장마차를 연 Y씨와 동업자 C씨. Y씨는 C씨의 지나친 인심 때문에 좀처럼 수익이 나지 않아 가슴앓이를 하고 있었다. 포장마차 손님들에게 너무 퍼줘서 천만원에 달하는 빚이 생기기도 했다며 고민을 토로했다. 손님이 3만원어치를 시키면 3만원에 달하는 서비스를 주는 식으로 장사를 한다는 C씨. 이 같은 상황이 계속되다보니 재료값이 없어서 가게 문을 닫은 적도 있었다고 한다. 서로가 생각하는 방향이 다르고 일하는 스타일이 다른데, 미처 알지 못하다가 동업이라는 이름으로 묶이고 나서야 깨닫게 된 것이었다.

이날 방송은 대체 C씨가 얼마나 음식을 퍼주는지 직접 알아보기 위해, 포장마차 음식을 녹화장에 펼쳐놓으며 MC들이 그 양을 눈으로 확인했다. 본메뉴를 세 개 시키면 그만큼 푸짐한 서비스 안주가 세 개씩 따라나올 정도로, 지불하는 비용에 비하면 상당히 푸짐한 수준이었다. 안주를 하나만 주문해도 홍합탕이 기본으로 나오고, 소주 두 병을 시키면 돼지김치찌개가 공짜로 나오는 포장마차이니 특별히 계산해보지 않아도 마진이 생길 것 같지 않았다. Y씨의 표현대로라면 이천원짜리 김치찌개 정도는 뻥튀기 과자 주듯이 주는 수준이었다. C씨는 돈이 모자라다는 손님은 그냥 보낼 때도 있고, 손님의 사정이 딱해 보이면 가격을 깎아주거나 심지어 집에 잘 돌아가시라고 택시비를 주기까지 한다는 것. 지인들이 오면 돈을 안 받는 경우도 허다해 자신이 나서서 억지로 돈을 받곤 하는데, 그럴 때마다 C씨가 너무도 미안해했다고 한다.

그렇다면 Y씨는 어쩌다가 C씨와 같이 일할 생각을 하게 된 걸까. 6년 전에 아르바이트를 하던 호프집 앞에서 떡볶이를 팔던 사람이 C씨였는데 장사가 엄청 잘됐다고 한다. 한 달에 수입이 천만원이 될 정도라는 것을 알고 C씨가 동업할 만한 사람이라는 확신을 갖게 됐던 것. Y씨는 C씨가 장사를 오래 하면서 터득한 장사 노하우나 위치 선정 등의 경험을 높게 평가하고 있었다. 물론 그때도 남에게 베푸는 것을 좋아하고 푸근한 성격이라는 건 알고 있었지만 막상 같이 장사를 해보니 그 정도가 너무 심했다는 하소연이었다. 떡볶이를 팔 때는 많이 퍼주고도 남을 만큼 장사가 정말 잘돼 문제가 없었지만 지금의 포장마차는 그런 상황이 아니라고 했다.

부자도 아니고 자선사업할 목적도 아닌데 수익도 남기지 않고 그렇게 장사를 하는 것에 대해 MC들은 이해할 수 없다는 표정이었다. 그에 대해 C씨는 담담하게 자신의 생각을 이야기했다.

"이렇게 포차 와서 술 마시는 사람들 보면 다 힘든 사람들이에요. 주변에 보면 없는 살림에도 봉사하는 사람들도 있잖아요. 베풀고 살아야 된다고 생각해요. 그리고 장사라는 게 내 욕심만 내지 말고 손님들을 믿어가면서 하면 나중에 더 많이 찾아오실 거라는 게 제 생각입니다. 가게 상황이 많이 안 좋은 건 저도 아는데요, 그래도 손님들 얼굴 보면 자꾸 서비스에 손이 가는 걸 어쩌나요."

MC들은 이런 상황을 타개하기 위해 Y씨에게 이런저런 제안을 해봤다. 계산이 정확하지 않은 게 C씨의 특징이니 주방을 그에게 맡기고 Y씨는 계산을 전담하면 어떻겠냐며 의중을 물었지만, 그는 C씨가 주방을 맡을 경우 손님들을 위해 음식을 엄청 많이 만들기 때문에 손해가 가는 건 마찬가지라며 손을 내저었다. 좀 강하게 표현해서 C씨를 다그치는 방법도 나왔지만 C씨는 늘 미안해할 뿐 행동을 바꾸지는 않는다고 했다. 게다가 주변 가게들마저 여기 포장마차가 워낙 많이 줘서 자기 가게에 손님이 오지 않는다며, 자기 속도 모르고 눈치까지 준다면서 답답해하는 모습이었다. 결국 C씨의 마음이 변하지 않는 한 Y씨의 고민은 쉽게 풀릴 것 같지 않았다.

결국 C씨를 감당하지 못해서일까. 현재 Y씨는 포장마차를 그만두고 다른 일을 하고 있고 C씨 혼자 포장마차를 운영중인데 손해 보는 장사를 하는 건 여전하다고 한다. 하지만 이날 방송을 본 많은 사람들은 C씨의 마음 씀씀이에 감동해서, 세상에 이런 사람이 있다는 사실에 많은 위로와 위안을 받았다는 후기를 전해왔다.

인간들은 서로 협동함으로써
자기들이 필요로 하는 것을 훨씬 쉽게
마련할 수 있으며,
단결된 힘에 의해 사방에서 그들을
포위하고 있는 위험을
훨씬 더 쉽게 모면할 수 있다는 사실을
깨닫게 될 것이다.

– 바뤼흐 스피노자(Baruch Spinoza)

동업에서는 먼 미래를 내다보고
서로 참아주고 기다려주며 배려해주는
관계 형성이 무엇보다 중요하다.
서로의 사정을 이해해줄 수 있는,
믿을 만한 파트너를 찾는다면
함께 가는 길이 더 즐거울 것이다.

– 김영혁,『우리 카페나 할까?』

직장 내 성차별, 어쨌든 서럽다

"여직원만 좋아하는 사장님,
저도 좀 챙겨주세요"

저는 오늘 목숨을 걸고 제가 일하는 회사의 사장님을 고발하려고 합니다. 반드시 우리 회사의 부조리를 낱낱이 폭로하고 말겠습니다. 무슨 부조리냐고요? 바로 직원에 대한 차별 대우입니다. 우리 사장님은 여직원은 '금이야 옥이야' 아끼면서 남자인 저는 사장님 발톱에 낀 때 취급을 하세요. 먹는 걸로 차별할 때 얼마나 서러운지 아시죠? 제가 김치찜이 먹고 싶다고 하면 듣고도 못 들은 척하시다가, 여직원이 똑같이 김치찜이 먹고 싶다고 하면 당장 먹으러 가자고 해요. 그런 걸 보면 울분이 터집니다. 업무를 보다가 모르는 게 있어서 사장님께 여쭤보면 뭐라고 하는지 아세요?

나 : 사장님. 이거 서류에 세부사항 채우기가 좀 까다로운데요.

사장 : 아직도 이걸 몰라? 자세가 글러먹었어! 공부 좀 해라! 공부!

반면, 여직원이 물어보면 태도가 급변하세요.

여직원 : 여기 보고서가 제대로 된 건지 잘 모르겠어요.

사장님 : 유라씨. 어렵지요? 자, 내가 자세히 설명해줄 테니 단디 들으세요. 아이고 아이고 우리 유라씨. 피곤할 텐데 앉아서 들으세요.

이럴 때면 정말 피가 거꾸로 솟습니다. 사장님이 절 생각해주신 적도 있긴 해요. 힘들게 외근 갔다 돌아오니 남은 피자 한 조각이 있더라고요. 당연히 저 말고 여직원을 주겠거니 했습니다. 그런데 사장님이 웬일인지 저를 주시는 거예요. 눈물이 핑 돌았습니다. '그래도 나를 생각해주는 때도 있구나'라고 생각하며 보란 듯이 여직원을 쳐다봤더니 그녀는 고급 아이스크림을 먹고 있었습니다. 제게는 단 한 번도 사주지 않으셨던 고급 아이스크림이었습니다. 분노가 치밀어오르는 순간이었죠.

이거 말고도 폭로할 것은 너무나 많지만, 여기서 더 하면 폭발할 거 같아 그만 멈추겠습니다. 이 글을 쓰고 있는 지금 실장님이 옆에서 저를 걱정하고 계십니다. 이런 게 공개되면 사무실에서 자리 빼야 하는 거 아니냐고요. 하지만 저는 꿋꿋이 사장님께 외치겠습니다. 21세기에 남녀 차별 웬 말이냐! 사장님은 각성하라! 각성하라!

차별 대우에 서운함이 쌓인 M씨는 녹화가 시작되자마자 기다렸다는 듯이 사장님에게 섭섭했던 일들을 털어놓기 시작했다. M씨가 일하는 직장은 웨딩플래닝 회사였는데 회사 특성상 면허와 차량이 반드시 필요하다고 늘 이야기하던 사장님이, 여직원이 들어올 때는 그녀가 면허가 없는데도 '웨딩플래너라고 꼭 면허가 필요한 건 아니다'라며 특별 대우를 서슴지 않았다고. 전기세 나간다며 에어컨을 켜지 않던 사장님이 여직원이 들어온 후로 에어컨을 시원하게 틀어놓았던 일 등, 업무에 얽힌 사연뿐만 아니라 사소한 일에서도 M씨의 불만은 상당했다.

"얼마 전에 사장님이 쓰레기봉투를 사오라고 하셨어요. 한 장을 사오라고 하셨죠. 그런데 회사에서 쓰레기봉투를 사러가려면 길을 건너서 좀 걸어가야 되거든요. 쓰레기봉투는 미리 사놔도 두고두고 쓸 수 있는 거잖아요. 그리고 돈도 만원을 주셔서 좀 넉넉히 세 장을 샀어요. 그런데 저한테 한 장만 사오랬더니 왜 세 장이나 사왔냐면서 화를 내시는 거예요. 솔직히 서러웠죠. 저한테는 쓰레기봉투 가지고 그렇게 화를 내시고는, 제가 휴가라 하루 쉬고 다음 날 나와보니까 사무실에 평소에는 보지 못했던 과자와 음료수가 많이 있는 겁니다. 알고 보니까 저 없을 때 사장님이랑 실장님이 여직원 데리고 백화점 가서서 사주셨다네요. 이렇게 대놓고 차별하시니 정말 섭섭했습니다."

그렇다면 정말 M씨의 사장님은 왜 그렇게 남녀를 대하는 태도가 다른 것일까. MC들은 혹시 사심이 있는 게 아니냐는 의심을 거두지 않았다. 그러나 M씨의 사장은 이미 결혼한 몸으로 그것은 어릴 때부터 몸에 밴 여성에 대한 배려일 뿐이지, 여직원에게 관심이 있어서도 아니고 그런 것을 전혀 차별이라고 생각해본 적이 없다며 손을 내저었다. 여직원에게는 아이스크림을, M씨에게는 식은 피자 한 조각을 준 것도 '피자가 더 비싼 음식이다'라며 애써 변명했다. 함께 출연한 직원은 여직원이 늦게 들어와서 회사 차원에서 배려하는 것일 뿐인데 M씨가 다소 과민 반응하는 것 같다고 이야기해, 사소한 배려를 M씨가 차별로 받아들이고 있는 건 아니냐는 식의 분위기가 만들어지기도 했다.

하지만 상사의 말 한마디와 행동 하나에 민감할 수밖에 없는 사원의 입장에서 자신이 받아보지 못한 친절을 받는 다른 직원의 모습을 봤을 때, 그런데 그게 자신과 성별이 다른 직원이었을 때 차별을 받는다고 느낄 수밖에 없는 노릇. 게다가 사장님에게 특별 대우를 받는 여직원은, M씨의 입장에서는 부하직원이기 때문에 상사로서의 권위를 내세우거나 일을 주도하기 어려운 상황에 처할 가능성도 있어 보였다.

직장에서 남녀문제로 부딪치는 일은 생각보다 많다. 남자라고 거들먹거리고 가르치려고 드는 사람, 여자라고 힘든 일에서 빠지고 잔소리만 하는 사람, '남자'라는 이유로 혹은 '여자'라는 이유로 규정되고 한정지어버리는 시선들 때문에 우리는 때로 힘든 일들을 겪는다. M씨 또한 동등하게 경쟁하고 똑같이 나아가고 싶은 마음인데 상대가 단지 여자라는 이유로 자신과 다른 특별 대우를 받는 것이 속상했던 것은 아닐까. 들려온 소식에 따르면 M씨는 현재 당시의 회사를 그만두었다고 한다. 혹시 여직원 때문에 문제가 생긴 건 아닐까 싶었지만 다행히 그건 아니고 급여와 관련된 문제였다고.

리더십은 테크닉이 아니라 마음이다.
리더십은 부하의 마음을 아는 데서
출발한다.

– 에이브러햄 링컨

남에게 대접받고자 하는 대로
너희도 남을 대접하라.

–『성경(Bible)』

Part 4

남들은 죽었다 깨나도
이해 못 하는 것,
하지만 내겐 너무나 큰 고민

나는 진짜 무섭고 싫은 것들, 남들은 왜 공감 못 할까

"새만 보면 벌벌 떠는 남편을 이해 못 하겠어요"

저는 이상한 남편과 살고 있는 결혼 4년차 주부입니다. 뭐가 이상하냐고요? 우리 남편하고 산책을 나가면 어떤지 아세요? 한참 길을 가다 보면 자꾸 남편이 사라져요. 그리고 한참 후에야 전화가 오죠.

나 : 여보, 지금 어디야?

남편 : 응, 나 집이야.

나 : 산책하다 말고 왜 집에 갔어?

남편 : 지금 말이야, 공원 안에…… 비…… 비둘기가 있어! 당신도 위험하니까 빨리 집으로 와.

서른다섯 살 남자가 비둘기가 무서워 말도 안 하고 집으로 도망치다니…… 이게 말이 됩니까? 한번은 유독 고기를 좋아하는 남편을 위해 친정어머니가 토종닭 한 마리를 사오셨어요. 몸에 좋다는 건 다 넣고 몇 시간을 끓이는 온갖 정성을 들여 백숙을 만들어주셨죠. 당연히 남편은 엄청나게 좋아했어요. 그런데 백숙 앞에서 흥분을 감추지 못하던 남편이 숟가락을 들고 그릇 속을 보자마자 갑자기 뚜껑을 덮어버리고 아무 말도 없이 나가버리더군요. 왜 그랬을까요? 백숙에 닭발이 붙어 있었던 거예요. 어머니는 고개를 절레절레 흔드셨죠.

맞습니다. 남편은 '조류 공포증'이 있어요. 새만 보면 기겁을 하는 남편은, 세 살 된 아들에게 책을 읽어주다가도 새만 나오면 책을 집어던지고 나가버려요. 그림으로만 봐도 무섭나봐요. 우리 아이 책을 보면 간혹 찢어진 부분이 있는데, 그게 다 새 그림이 있던 부분이랍니다. 덩치나 작으면 말이나 안 하죠. 90킬로그램의 거구에 황소라도 때려잡을 것처럼 생겨서 한주먹감도 안 되는 새를 무서워하다니요. 아들과 동물원에 가도 남편이 갑자기 사라지고 없으면 그곳이 '조류관'이에요. 요즘은 한창 말을 배우기 시작한 아들에게 뭐라는 줄 아세요?

남편 : 새는 무서운 거야. 새는 안 좋은 거야. 새는 몹쓸 거야. 알았지?

아들 : 응응! 새 싫어! 새 미워!

아들하고 둘이 가다가 새가 나타나면 아들이 발을 굴러 새를 쫓을 때까지 뒤에 숨어 있죠. 그 모습을 보면 제가 한숨이 나옵니다. 도시에 새라고 해봐야 무슨 독수리가 나오나요, 송골매가 날아오나요? 기껏해야 참새, 비둘기, 까치잖아요. 덩치는 그런 새의 백배나 되는 남편이 도대체 조그만 새 앞에서 왜 이러는 걸까요? 어떻게 고칠 방법이 없을까요?

조류 공포증이 있는 남편이 창피하기도 하고, 한편으론 그 마음을 이해해보고 싶은 생각에 출연을 결심한 M씨. 다른 면은 다 듬직하고 마음에 드는데 유독 새만 보면 작아지는 남편에 대한 걱정을 털어놓았다. 사내 커플로 결혼에 골인한 두 사람. M씨는 직장 동료로 만났을 때는 몰랐다가 결혼을 앞두고서야 남편이 새를 무서워한다는 사실을 알게 됐다고 한다. 같이 공원이라도 걸으면서 분위기를 잡으려고 하면 어느샌가 남편이 사라질 때가 많았는데, 전화를 걸어보면 길목에 새가 있어 도망갔다고 고백했다는 것.

M씨와 함께 출연한 남편은 M씨의 말처럼 건장한 체격으로, 절대 겁이 많을 것 같은 인상은 아니었다. 하지만 그의 조류 공포증은 상상 이상. 새를 보기만 하면 겁에 질려 아내에게 쫓아달라고 부탁한다고 했다. 그런 남편에게 M씨는 '나는 새 잡는 사람이 아니다'라며 농담 반 진담 반으로 절규했다. 남편이 하도 새를 무서워하니까

멀쩡히 직진해서 가면 빠를 길도 새를 피해 돌아가느라 시간이 오래 걸리는 경우도 허다하다고.

"날아다니는 새뿐만 아니라 닭도 무서워해요. 지난주에 산에 갔는데 누가 닭을 풀어놨더라고요. 닭이 이쪽으로 덤비지도 않는데 그게 무서워서 뒷걸음질로 물러서는데 그 속도가 무슨 무협지에서 경공술 쓰는 것 같았다니까요. 풀어놓은 닭만이 아니라 닭장 안에 있는 닭도 무서워서 닭장을 지나가질 못해요. 그런데 또 치킨은 먹더라고요?"

새는 무서워하나 고기는 좋아하기 때문에 치킨은 머리나 발 모양이 없으면 먹을 수 있다는 M씨의 남편. 새의 머리, 발, 털, 껍질 같은 것들만 보면 소름이 돋는다고. 방송에서 MC들이 새 모형을 넣은 새장을 가지고 짓궂게 장난을 치자 기겁하면서 '새는 모형도 싫다'고 손사래를 쳤다.

사람들은 어린 시절 기억으로 말미암아 남들에 비해 무언가를 유난히 무서워하는 경우가 있다. M씨의 남편이 새를 무서워하게 된 데에는 역시 새에 얽힌 과거의 트라우마가 있었다. 어려서 집 근처에 목장이 있었는데 한번은 놀다가 넘어졌을 때 닭이 달려들었다고 한다. 그때의 기억이 너무나 공포스러워, 그 후부터 조류가 무서워졌다고. 버스에 어떤 어른이 닭을 가지고 타자, 한 공간에 조류와 같이 있다는 생각만으로도 견딜 수가 없어 창문으로 뛰어내린 적도 있다는 그였다. 그런 그이기에 2009년에 비둘기가 유해동물로 지정되자 박수를 쳤다는 말도 이해가 갔다.

　체구가 큰 자신이 새 때문에 벌벌 떠는 것을 아내와 장모를 포함해 주변 사람들 모두가 이상하게 생각하고 비웃을 때도 있었지만 아무리 노력해도 새에 대한 공포증은 벗어날 수가 없었다고 고백했다. 남들에게는 별것도 아닌 것이 내게는 도저히 극복할 수 없는 크고 무거운 장애물인 경우는 생각보다 흔하다. 이해받지 못하는 공포를 혼자 감당해온 M씨 남편의 얼굴에는 아내에 대한 약간의 서운함도 엿보였다.

　M씨는 이제는 남편이 새를 무서워하는 건 그러려니 할 수 있지만 아들에게까지 새를 나쁘다고 가르치는 것이 무척 걱정이 된다고 했다. 그도 그럴 것이 아들에게 매번 새는 무서운 것이라고 가르친 나머지, 이제 말을 배우기 시작한 아들이 새만 보면 쫓아내거나 경계하는 모습을 보인다는 것. 나중에 아들이 남편처럼 조류 공포증을 가지게 될 것에 대한 M씨의 걱정은 자연스러워 보였다.

　방송 출연 후에도 M씨의 남편은 여전히 새를 무서워한다고 한다. 조금이나마 좋아진 점이라면 아내와 아이를 버리고(?) 도망치진 않는다는 점. 가급적 뒤로 물러서면서 아내에게 새를 쫓아달라는 부탁을 하고 있다는 소식이다.

우리가 두려워하는 공포는 종종 허깨비지만
그럼에도 불구하고 실제 고통을 초래한다.

– 프리드리히 실러

오직 한 가지
우리가 두려워해야 할 일은
두려움 그 자체다.

– 프랭클린 루스벨트(Franklin Roosevelt)

남들은 개성이라지만 내겐 불만인 외모의 딜레마

"제 눈이 그렇게 이상한가요?"

저는 하루하루를 오해와 편견 속에 살아가고 있는 스무 살 청년입니다. 저는 정말 억울해 미칠 것 같아요. 그냥 가만히 있는데, 아무 짓도 안 했는데 사람들이 슬슬 제 눈치를 보거나 피하기까지 합니다. 친구들과 재밌게 놀고 있는 제게 꼭 이런 질문이 날아와요.

> 친구 1 : 화났어? 뭐가 마음에 안 들어서 그러는 거야?
> 친구 2 : 왜 그런 표정으로 쳐다봐? 기분 나쁜 거 있으면 얘기해.

정말 황당합니다. 저는 진짜 기분이 좋고 즐거운 마음이었는데도 항상 이런 말을 들어야 하는 이유가 뭘까요. 슬프게도 저는 그 이유를 잘 알고 있습니다. 이게 다 하늘을 향해 쭉 찢어진 제 두 눈 때문입니다. 이 두 눈이 착하고 순진한 저를, 사나운 얼굴을 한 천하의 나쁜 놈으로 만들고 있는 상황입니다. 얼마나 어처구니없는 일들이 벌어지냐면요. 여자친구와 만나다보면 길에서 좀 싸우고 언성이 높아질 때도 있잖아요? 꼭 그럴 때마다 제 여자친구를 구해주기 위한 정의의 사도들이 나타납니다.

> 행인 : 저기요! 무슨 일 때문에 그러시는 거죠? 왜 길에서 아무 여자한테나 행패를 부리는 겁니까?
> 나 : 아, 아무 여자라뇨…… 제 여자친군데……
> 행인 : 확실해요? 두 분 아는 사이 맞아요? 아닌 거 같은데……

아.무.여.자. 그렇습니다. 제가 소리라도 지르면 저는 아무 여자한테나 행패를 부리는 이상한 치한이 되기 일쑤였습니다. 그럴 때면 저는 길에서 처음 만난 사람한테 저와 여자친구 사이를 증명하느라 진땀을 빼야 하죠. 한번은 제가 여자친구와 어깨동무를 하고 걸어가고 있었는데, 어떤 분이 여자가 납치당하고 있다고 경찰에 신고해서 경찰들이 출동한 적도 있었습니다. 무슨 해외토픽에 나올 것 같은 일이지만 제가 실제로 겪었던 일입니다.

저의 찢어진 눈 때문에 가장 야속한 일이 벌어지는 곳은 바로 제 일터입니다. 저는 각종 이벤트 현장에서 제품을 홍보하고 행사를 진행하는 모델 일을 하고 있는데요. 제가 사은품을 드리면 다들 절대 받지 않고, 아예 저와 눈도 마주치지 않으려고 하죠. 아무리 친절하게 미소를 지어도 제 눈만 보면 뒷걸음질치니 업무 실적도 시원치 않습니다. 하긴 제 얼굴에 모델이라니 주제 파악을 못 했던 걸지도 모르죠…… 이 자리에서 외치고 싶습니다. 눈이 좀 찢어지면 어떻습니까? 제가 무슨 죽을죄라도 지었나요? 다들 너무하십니다. 나쁜 짓한번 안 하고 열심히 살아가고 있는 스무 살의 청년을 더이상 범죄자로 몰아가지 말아주세요.

안경으로 문제의 눈을 가린 채 스튜디오에 등장한 L씨. 그는 여자친구와 어깨동무하고 이야기를 나누는 모습을 보고 누군가 신고해 경찰에게 주민등록번호까지 불러줬다는 일화로 이야기를 열며, 범죄형 눈매 때문에 겪은 고민을 토로했다. 그러나 안경을 벗자 고민의 내용과는 다른 수려한 용모에 체격까지 좋아 방청객들의 애매한 반응을 자아내기도 했다. 그러한 반응에도 불구하고 L씨가 자신의 외모에 대해 갖는 불만은 수그러들지 않았다.

"사람을 볼 때 눈이 중요하다는 말을 많이 하잖아요. 눈만 딱보고 얘는 싸가지 없구나 하시는 분들 정말 많아요. 키가 아무리 크고 몸이 좋아도 소용이 없는 것 같아요. 가장 충격적인 말이 소매치기의 몽타주를 닮았다는 말이었어요. 범죄형이란 말이잖아요."

단지 외모 하나로 그 사람의 인격이나 성품까지 단정하는 것은 당연히 옳지 않은 일이다. 하지만 또 첫인상이라는 것도 무시할 순 없어서, 이야기를 나누기 전까진 그 사람의 성품을 외양만으로 미루어 짐작할 수밖에 없는 것도 사실이다. 문제는 사람들이 L씨의 외모만 보고 아예 대화를 나눌 생각조차 하지 않는다는 것. 그는 본모습을 보여줄 기회도 주지 않고, 외모만으로 평가해버리는 게 가장 속상하다고 했다.

학창시절 친구들이 자신한테 먼저 말을 건 적이 없다는 이야기부터 단순히 쳐다봤다는 이유로 싸움이 났다는 에피소드까지, L씨가 눈 때문에 받은 오해는 한두 가지가 아니었다. MC들도 그가 겪는 고민의 심각성에 조금씩 공감하는 모습이었다. L씨의 친구 역시 중학생 때 다른 친구들이 싸우다가 그저 구경하던 L씨에게 '왜 기분 나쁘게 쳐다보느냐'면서 욕설을 해 갑자기 L씨가 싸움의 주인공이 되는가 하면, 술집에서 술 취한 아저씨들이 시비를 건 적도 부지기수였다며 L씨가 겪어온 고충을 설명했다.

그러나 이날 출연진은 L씨의 고민을 십분 이해하면서도, 그의 눈과 전체적으로 풍기는 인상이 개성 넘치는 현대형 미남에 가깝다는 의견을 쏟아냈다. 실제로 L씨가 수술이라도 해보려고 성형외과에 가자, 모델 일을 하기에는 개성 있고 좋은 외모라면서 의사가 돌려보낸 일도 있었다고. L씨는 회사에 지원할 때 눈꼬리를 포토샵으로 내린 사진으로 서류전형은 통과하지만 면접에서 늘 탈락했다며 자신의 얼굴이 현대적 미남형이라는 걸 극구 부정했다. 그러나 MC 들이 건넨 선글라스를 끼자 단번에 '훈남'으로 변신한 L씨. 외모에 대한 찬사가 쏟아졌다. 그 덕분인지 방송 후 L씨가 전해온 근황은 찢어진 눈에 대한 콤플렉스를 벗어던지고 예전보다 당당하게 열심히 살고 있다는 소식이었다.

'진짜 나'는 내면에 있다

이날 게스트로 참여한 그룹 비스트의 용준형씨도 L씨와 비슷하게 찢어진 눈 때문에 오해를 받은 적이 많다고 했다. 원래는 장난기 많고 친근한 성격인데, 외모는 건방지게 생겨서 이야기를 나눠보기 전에는 거리를 두는 사람이 많았다고. 물론 누군가를 만날 때 겉으로 보이는 풍모에서 완전히 자유로울 수는 없다. 그러나 그 사람을 제대로 알려면 겉으로 보이는 모습만 보고 판단할 것이 아니라 대화와 행동을 통해 소통하는 기회를 꼭 가져야 할 터. L씨가 바랐던 것도 자신의 외모뿐 아니라, 자신의 말과 행동을 있는 그대로 봐줄 누군가가 아니었을까.

얼굴은 피부의 껍질에 지나지 않는다.

– 윌리엄 셰익스피어

나 자신에 대한 자신감을 잃으면
온 세상이 나의 적이 된다.

– 랠프 월도 에머슨(Ralph Waldo Emerson)

작아도 너~무 작은 그것, 여자들만 아는 고민

"가슴이 좀 커졌으면 좋겠어요"

TO. 70A 브래지어

70A야, 안녕? 나야, 너의 못난 주인. 그동안 네가 고생이 많았지? 남들처럼 안정되게 자리도 못 잡고, 늘 왔다갔다 불안하게 만들어 미안해. 너도 처음 나를 보고 놀랐을 거야. 너는 네 친구들 중에서 가장 작은 녀석인데, 너보다 더 작은 내가 있을 줄은 상상도 못했을 테니까.

나라고 맘 편히 살진 않았어. 너보다 작은 친구가 있지 않을까 속옷매장을 갈 때마다 기웃기웃거렸지만 요새는 어린아이들도 그렇게 작은 건 찾지 않는다고 하더라. 사람들은 나한테는 너조차도 필요하지 않다고 말하기도 해. 그냥 남자처럼 속옷 없이 옷을 입어도 문제될 게 없다며 너와 헤어지라는 말까지 하더라고. 하지만 그럴 수가 있겠니? 그래도 있잖아, 남들이 날 보고 '절벽녀'라고 부를 때 내가 의지할 것은 너밖에 없었어. 너는 놀랐겠지만 휴지를 넣은 건 마지막 수단이었어. 많이 힘들었니? 좀 걷다보니 어느새 휴지가 발 아래로 다 떨어졌더구나. 그래도 난 널 이해해. 휴지를 품고 있기에는 너와 나 사이에 공간이 너무 많았다는 걸 아니까.

어쨌든 네가 있어서 앞뒤가 구분은 되는 거 같아. 네 덕분인지 목이 돌아갔다는 얘기는 전보다 조금 덜 듣는 편이야. 아주 조금. 주니어용인 네가 스물두 살인 나를 만나 팔자에도 없는 고생을 하게 해서 미안해. 언제쯤이면 네가 더이상 위로 올라가지 않고, 당당하게 중심을 잡을 수 있을까? 정말 우리에게도 그런 희망찬 날이 올까? 그날이 영원히 오지 않을 것 같지만, 그래도 나는 꿈을 잃지 않으려고 해. 우리 그날까지 조금만 더 힘내자. 파이팅.

FROM. 너의 주인, 절벽녀

'절벽녀'라는 별명으로 소개된 C양. 아담한 체구의 그녀가 품은 고민은 가슴이 지나치게 작다는 것으로, 대한민국의 뭇 여성들이 남 이야기처럼 들을 수 있는 사연은 아니었다. 골격 자체가 크지 않은데다 마른 편이고 가슴까지 작은 C양은 성인용 브래지어가 맞지 않는 것은 물론, 주니어용마저 큰 편이라 옷을 입을 때마다 속상하다고 했다. 가장 작은 브래지어마저도 가슴둘레가 5~10센티미터가량 차이가 난다는 것.

"가슴 때문에 본격적으로 스트레스받기 시작한 게 중학교 3학년 때였어요. 그때까지만 해도 가슴이 크든 작든 무슨 상관인가 하면서 전혀 의식을 안 하고 살았죠. 어느 날 교복을 입고 길을 가는데 친구가 저한테 뽕인 게 너무 티가 난다고, 대놓고 얘기를 하더라고요. 뽕이라니 무슨 말인가 싶었는데, 제 속옷과 가슴 사이에 빈 공간이 많으니까 그게 떠 보여서 그런 말을 했더라고요. 사춘기 때라 무슨 얘기를 들어도 민감했는데 그때 너무 충격을 받고 그날 이후부터 가슴 얘기만 나오면 스트레스를 받아요."

'목이 돌아간 것 같다'는 말을 들은 것도 여러 번. 목욕탕이나 수영장에 가서도 주변 여성들에게 '초등학생보다 못하다'며 놀림을 받고 자신의 외모를 저주하게 됐다는 C양의 얼굴에는 속상함이 가득했다. 함께 출연한 C양의 친구들은 '우리도 작은데 얘 덕분에 위안이 된다'며 그녀의 가슴에 대못을 박았다.

외모는 선택할 수 없고 벗어날 수 없는 숙명이기에 우리는 누구나 콤플렉스를 가지고 살아간다. 훌륭한 분들은 '개성을 존중하고 자신을 사랑하라'며 서구적 외모에 대한 환상에서 벗어나라고 하지만, 고개를 끄덕이다가도 거울을 보면 속상한 그 마음을 어떻게 하겠는가. 특히 여성의 외모에 대한 잣대가 무척이나 엄격한 우리 사회에선 키가 너무 커서 고민, 키가 너무 작아서 고민, 다리 굵기가 고민, 얼굴 크기가 고민, 피부가 고민, 코 높이가 고민…… 고민에 고민을 거듭할 수밖에 없는 현실이다. C양 역시 자신을 바라보는 무수한 조롱 섞인 시선들에서 벗어나고자 끝없이 몸부림쳐왔는데, 그녀가 밝힌 콤플렉스를 벗어나기 위한 노력은 눈물겨웠다.

"살이 많이 찌면 가슴으로 살이 좀 가지 않을까 싶어서 밤마다 야식을 먹고 잤는데 커지라는 가슴은 안 커지고 얼굴만 부었어요. 딸기우유를 많이 마시면 가슴이 커진다는 말이 있어요. 그래서 딸기우유에 딸기까지 갈아넣어 마시고, 석류에 에스트로겐이 많다고 해서 먹다가 나중에 알고보니까 수천 개는 먹어야 효과가 있다고 해서 포기했죠. 홍초도 마셔봤어요. 가슴 마사지도 빼먹지 않고 하는 편인데 결과적으로는 별 효과를 못 봤어요."

스물두 살이면 한창 이성을 활발하게 만날 나이지만 C양은 자신의 빈약한 가슴 때문에 남자친구가 없는 것 같다며 '내가 봐도 내 몸매에서 성적인 매력이 느껴질 것 같지 않다'고 한숨을 내쉬었다. 민소매 티셔츠나 비키니를 입고 싶어도 입을 수 없어 여름이 싫고, 거리를 걸으면 다른 여자의 가슴만 쳐다보는 습관까지 생겼다는 C양의 말에 녹화장은 그녀를 향한 안타까움으로 가득 찼다.

이쯤 되면 귀에 솔깃하게 들어오는 광고들도 있고, 주변에 몰라보게 달라져서 남자들의 인기를 독차지한다는 친구 누구누구의 소식도 들려온다. 큰돈을 들여 몸에 칼을 대서라도 전과 다른 나를 만나보고 싶은 마음이 드는 게 당연지사. 그 정도 고민이 된다면 의학의 힘을 빌려보면 어떻겠냐는 MC들의 조심스러운 권유가 뒤따랐다. C양은 생각을 안 해본 건 아니지만 비싼 비용과 어머니의 반대로 그런 결심까지는 하지 못했다고 했다. 방송이 나간 후에도 C양은 여전히 가슴이 커지지 않았고, 가슴확대수술을 받지 않았다. 자신의 콤플렉스를 계속 끌어안고 지내는 중이라고 한다.

사람은 누구에게나 어려움이 있고
장애가 있으며 콤플렉스가 있다.
사람의 성장은 그런 어려움들을 극복하고
이겨내는 풍요로운 정신을 만들어가는
과정이다.

– 아널드 토인비(Arnold Toynbee)

왜 우리는 이토록 키에 집착할까

"키 작은 게 죄인가요?"

저희는 꽃을 찾아 헤매는 네 마리 땡벌! 스물네 살의 건장한 청년들입니다. 피 끓는 청년의 3대 조건이라면, 열정과 패기, 그리고 사랑 아니겠습니까? 저희는 열정과 패기는 있는데 단 한 가지, 사랑이 없습니다. 그렇습니다. 여자가 없어요. 저희가 서울에 놀러갈 때 나누는 대화 한번 들어보실래요?

나 : 야, 오늘은 몇 센티미터냐?

친구 1 : 5는 깔아야지?

친구 2 : 아니야. 나는 7로 깔래.

나 : 야! 7은 너무 힘들어. 저번에 발목 부러지는 줄 알았어.

친구 2 : 임마! 서울 가는데 어떻게 5를 까냐? 나는 무조건 7로 깐다.

저희는 동네에서는 3센티미터, 주변 번화가에 갈 때는 5센티미터, 서울에 갈 때는 7센티미터까지 무리수를 두어야 합니다. 무슨 얘기냐고요? 깔창을 그만큼 깐다는 말씀입니다. 이건 다 여자들 탓입니다. 깔창이라도 깔아야 그나마 여자한테 말이나 걸어볼 수 있죠. 우리나라 여자들은 당최 키 작은 남자는 거들떠보지를 않아요. 대한민국 남자 평균 키가 173센티미터라지요? 저희는 깔창을 깔아도 그 평균이 안 됩니다.

저희가 정말 부러워하는 사람이 있어요. 추울 때 여자가 남자 가슴팍에 파묻히는 장면, 다들 보시거나 직접 그렇게 해본 적 있으시죠? 저희가 가장 부러운 사람이 바로 그 장면 속 남자입니다. 저희는 아무리 깔창을 깔아도 여자의 얼굴이 가슴팍에 오질 않아요. 그냥 얼굴과 얼굴이 바로 맞닿습니다. 클럽에 놀러가면 눈물 없이는 볼 수 없는 참사가 벌어져요. 클럽은 키 큰 남자들이 서슴없이 여자들과 부비부비를 하는 곳입니다. 한번은 한 여성 분과 키 큰 친구들이 부비부비를 하고 있더군요. 제가 그 여성 분을 마음에 들어하는 걸 알고서 친구들이 저를 막 그 여성 분 쪽으로 밀었어요. 그분은 옆에 오는 남자가 아까와 똑같은 키 큰 사람인 줄 알고 뒤돌아섰는데, 자기랑 눈높이가 딱 맞는 제가 보이니까 그냥 확 밀쳐버리더라고요.

정말 온 힘을 다해 밀었습니다.

수도 없이 겪는 이런 굴욕 때문에 제 친구 녀석은 10센티미터 깔창에 도전하더군요. 제가 봐도 너무 불안해 보였는데 결국 계단을 올라가다가 넘어졌어요. 이제는 클럽도 가지 말고 어디에 가든 앉아만 있자고 네 명이서 결의를 했지만, 앉아만 있으니 사랑도 주저앉아버린 것 같아요. 이 쓸쓸한 가을에 키 작은 남자를 사랑해줄 그런 여성 분 네 명 어디 없나요?

'깔창을 안 깔았을 때는 여자들이 아저씨 취급을 하지만, 3센티미터짜리를 깔았을 때는 기본적인 예의를 지켜주고, 7센티미터를 깔아야 비로소 호감 어린 시선을 준다'는 K군. 그러나 그는 깔창이 높아질수록 발목에 가해지는 고통도 배가된다며 하이힐 신는 여자들의 고충을 십분 이해한다고 했다.

키가 작아 서러웠던 남자들의 사연은 어딜 가나 쉽게 들을 수 있는 이야기다. 결혼정보 회사에서 매기는 등급 중에 '신장'이 중요한 기준으로 돼 있는 세상. 얼마 전에 '키 작은 남자는 루저'라는 발언이 그토록 비난받았던 이유도, 키로 인해 받아왔던 설움에 대한 남성들의 분노가 폭발했기 때문은 아닐까. 키가 작은 건 본인의 잘못이 아니라 유전인데, 키가 작아 특별히 못 하는 게 있는 것도 아닌데, 괜히 주눅 들고 자신 없어지는 건 단신 남자들이면 누구나 겪어봤음직한 일이다. 이런 분위기 속에서 K군을 비롯한 그의 친구들이 이성에게 적극적으로 다가서지 못하는 것도 충분히 이해할 수 있었다. K군 4총사 모두 여자친구가 없었는데 여자들이 보는 시선도 시선이지만 모두가 작은 키 때문에 주눅이 들어 자신감이 없는 탓도 컸다.

의학의 힘으로도 해결이 어려운 키인지라 이들이 즐겨 사용하는 방법은 깔창. 이날 방송의 백미는 녹화장에서 벌어진 K군 4총사에 대한 '깔창 검사'였다. 이들의 신발에서는 3~5센티미터 높이의 깔창에서부터 두툼하게 말린 휴지까지 발견돼 녹화장을 폭소의 도가니로 만들었다. K군의 친구 중 한 명은 깔창을 워낙 높이 깔아 걸음걸이가 어색한 탓에 '로보캅'이라는 별명을 얻기도 했다. 그런 식으로 깔창을 이용해 '170센티미터가 넘는 남자'가 되는 마법을 부릴 수 있지만 신발로만 해결되지 않는 경우가 참 많다는 K씨다. 예를 들어 신발을 신을 수 없는 해수욕장은 절대 가지 않는다고.

"키가 작다는 이유로 고등학생들이 무시한 적이 있어요. 술 취한 아저씨들이 덩치가 작다고 함부로 대하는 경우도 있었고요. 그런 일 겪고 나서 나이 들어 보이려고 수염을 기르기도 했죠. 나이트클럽에 놀러가면 자리에 앉아서 절대 일어나지 않고, 스테이지에 나가서 춤추는 건 상상할 수 없는 일이죠. 일어나서 움직이는 순간, 키가 공개되니까요. 철저하게 웨이터에 의존해 여자들을 만나면서, 어쩔 수 없이 화장실 같은 곳에 가야 하면 어디 아픈 사람처럼 구부정하게 움직여요."

콤플렉스는 때로 그것을 공유하는 사람들끼리의 강한 유대감을 만들어주기도 한다. 단신이어서 서러운 K씨와 그의 친구들은 서로에 대한 동질감 때문에 더욱 가까워졌다는 이야기를 했다. 서로의 키를 키워주기 위해 각자의 몸을 당겨주거나 좋은 깔창을 추천해주는 방식으로 우정을 나눈다고. 실제 방송에서 직접 재본 K군과 친구들의 키는 163~167센티미터로 평균보다 약간 작은 키였다. 그러나 MC와 게스트들은 이들에게 나름의 매력이 느껴진다며 자신감을 가질 것을 당부했다. 특히 가수 서인영씨는 '남자는 키보다는 그 사람이 가지고 있는 매력이 중요하다'며 키가 전부가 아니라는 응원을 건네기도 했다. 출연진의 격려와 방청객들의 박수를 받으며 K군 4총사도 이전보다는 자신감을 갖는 눈치였다.

방송을 통해 단신 콤플렉스를 만천하에 과감히 공개한 이들은 방송 후에 오히려 모두 여자친구가 생겨 연애에 푹 빠져 있는 중이라고 한다. 작은 키도 사랑해주는 여자친구 덕분인지 깔창도 이제는 2~3센티미터 정도만 깐다는 소식이다. 그것도 키 때문이 아니라 안 깔면 허전해서라고.

매력이란 호박꽃은 가지고 있지만
장미꽃에는 없는 것이란 말이 있다.
사람에게는 자기만의 개성이 있고,
그 개성에 좋고 나쁨은 없다.
각기 다른 개성은 그 사람만의 매력이므로
자신의 개성을 소중히 여기는 것이 중요하다.

– 시바무라 에미코(柴村惠美子)

피부색, 좀 까무잡잡하면 어때

"카카오 100퍼센트 피부색, 속상해요"

저는 앞으로 어떻게 살아야 할지 고민중인 중학교 3학년 소녀입니다. 어린 나이에 앞으로 살날을 고민한다는 게 기가 차실 수 있겠지만 저는 정말 심각합니다. 이 고민 때문에 초등학교 때부터 중학교 때까지 내내 우울했고요, 이 문제가 앞으로 여자인 저를 평생 힘들게 하지 않을까 싶어요. 도대체 뭐가 문제냐고요? 제 별명부터 소개해드릴게요. '아프리카 원주민' '다크 초콜릿' '카카오 100퍼센트'…… 이제 제 고민이 무엇인지 짐작이 가시나요? 저는 까매도 너무 까만 사람이죠. 엄마가 그러시는데 저는 배 속에서 나올 때부터 까맸대요. 심지어는 입술까지 까맣답니다. 그런데 어렸을 때부터 애들이 그렇게 놀려대더라고요. 매년 학년이 올라가고 새로운 친구들을 만나는데 어떤 친구들을 만나든 한 번의 예외가 없었어요.

친구 1 : 아프리카 띠까띠까! 찌아찌아 족장! 네 부족으로 돌아가라!
친구 2 : 예! 와첩! 흑인 래퍼다! 랩 해봐, 랩 해봐!

제가 까맣게 태어나고 싶어서 태어난 것도 아닌데 애들은 제 얼굴만 보면 오늘은 무슨 별명으로 놀릴까, 그 고민만 하는 것 같아요. 제 나이 정도면 사춘기인 거 아시죠? 그러면 남학생들 시선도 엄청 신경쓰이잖아요. 그런데 남자애들은 하나같이 하얗고 뽀얀 애들만 좋아하고 저한테는 얼굴에 때 좀 닦으라며 매일 놀리기만 합니다. 제가 세수를 안 해서 까만가요? 반에서 저보다 세수 열심히 하는 사람은 없을 거예요. 조금이라도 하얘질까 싶어서 매일매일 열 번씩은 얼굴을 닦으니까요. 물론 그렇게 얼굴을 닦는다고 제가 하얘질 리는 없겠죠. 요즘 유행하는 색깔 예쁜 꽃치마도 사고 싶었는데 제가 입으면 외국 사람처럼 보인다고 해서 포기했습니다. 얼굴 까만 사람은 옷도 마음대로 못 입나봐요.

얼굴이 하얘질 수 있다고 하는 건 뭐든지 해봤어요. 오이 마사지도 했고요. 미백화장품 바르는 것부터 쌀뜨물 세수까지 인터넷과 책에 있는 건 다 해봤지만…… 그게 다 거짓말이라는 사실만 깨달았어요. 비비크림을 바르면 남들은 얼굴이 하얘지는데 저는 회색이 돼요. 오히려 얼굴에 손을 너무 대서 손때가 탔는지, 저는 더 까매지고 있습니다. 저 진지하게 말씀드리는데요, 까만 피부색 때문에 평생 이렇게 놀림받으며 고민하고 사니 차라리 외국으로 나가버리든지 아니면 얼굴에 밀가루를 바르고 살까봐요!

올해 중학교 3학년인 K양은 남들보다 까무잡잡한 피부 때문에 고민하고 있었다. 다른 나라 사람으로 오해를 받은 적도 있고, 오직 피부색에만 관심이 모아져 예쁘다는 소리 한번 듣기가 힘들다는 그녀였다. 까만 피부는 생활방식에도 많은 영향을 주는 중이었다.

"여름에는 혹시라도 피부가 더 탈까봐 아예 나가지 않으려고 하고요. 체육시간에는 선크림을 두 겹씩 바르고 그늘에 앉아 있어요. 선생님이 점수 깎는다고 해도 얼굴 타는 게 더 싫거든요."

K양을 향한 친구들의 놀림은 예상외의 순간에도 쉴 새 없이 쏟아진 모양이다. 영화를 같이 보다가 잠깐 흑인이라도 나오면 곧장 아프리카 방언(?)을 내뱉으며 'TV에 너 나온다'고 놀리는 친구들에게 아무 대꾸도 하지 못하고 앉아 있었다고. 그런 놀림이 힘들 때면 전학까지 생각했지만, 어차피 상황은 똑같을 것 같아 아예 이민이 낫겠다 싶다며 K양은 한숨을 쉬었다.

"애들이 오이 마사지하면 하얘진다고 했는데 제가 오이 알레르기가 있더라고요. 얼굴이 막 부어서 포기했어요. 홍화씨물을 먹으면 효과가 있다길래 마셔보고 마스크팩도 몇 달 동안 밤마다 해봤어요. 쌀뜨물로 세수하고 비누로 열 번씩 씻고…… 화장품도 이것저것 발라봤는데 아무리 해도 소용이 없어요."

좋아하는 남학생이 '캄보디아 사람은 비켜라'라며 자신에게 농담을 했을 때, 자신의 피부를 더욱 저주하게 됐다는 K양. 이성친구들이 자신을 거칠게 대하는 탓에 성격까지 선머슴처럼 변하고 있다면서, 이 모든 것이 피부색 때문이라고 생각하고 있었다. 동생들은 하얀데 자신만 까맣게 낳았다는 이유로 부모님을 원망하는 마음까지 있다고 고백했다. 이날 함께 출연한 K양의 어머니는 K양이 학교에서 받아온 상처를 마음 아파했다. 초등학교 때 연습장에 '복수할 거야'라는 말을 적으며 방문을 닫고 우는 딸을 보면서 아무것도 해주지 못하는 자신이 무력하게 느껴졌다는 그녀. 지금도 K양이 자기 사진 위에 북북 그어놓은 X자 표시가 눈에 선하다고. 힘들어했던 딸의 모습을 떠올리는 K양 어머니의 눈에 눈물이 고였다.

단일민족 국가에서 비슷비슷한 외모의 사람들끼리 살다보니, 피부가 조금 까말 뿐인데, 머리색이 조금 붉을 뿐인데, 눈동자가 조금 푸를 뿐인데 그런 것들에 대해 유별나게 반응하곤 한다. 그것을 언급하는 것 자체가 그 사람에게 부담과 상처가 될 수 있는 데도 굳이 물어보는 사람들, 꼭 있다.

MC들은 피부색과 K양이 생각하고 있는 청순미는 아무 상관이 없다며 다독였고, K양은 더이상 상처받고 싶지 않다며 제발 놀리지 말아달라고 친구들에게 외쳤다. K양의 진지한 고민이 친구들에게도 가 닿은 걸까? 방송 이후 K양을 심하게 놀렸던 친구들이 모두 사과를 했고, 아프리카 추장이 아니라 씨스타의 효린양을 닮았다며 치켜세워줘서 요즘 그녀의 별명은 '효린'이라고 한다.

너는 너로서 예쁘다

이날 방송에 출연한 게스트들이 지닌 피부색에 대한 생각과 경험은 제각각이었다. 흑인 계열의 레게음악을 하는 하하씨와 스컬씨는 자신들이 추구하는 음악색에는 까만 피부가 제격이라며 검은 피부 예찬론을 펼쳤다. 특히 하하씨는 흑인이 되고 싶은 마음에 선탠을 심하게 했다가 모공만 넓어졌다고. 반면 그룹 시크릿의 한선화양은 학창시절에 피부가 너무 하얘서 화장한 것으로 오해받아 기합을 받은 적도 여러 번이라고 했다. 세상을 바라보는 시각이 다양해지는 만큼 좋은 피부, 건강하고 아름다운 피부에 대한 생각도 제각각이기 마련. 이들이 K양에게 전해주고 싶은 말도 '피부가 하얗든 검든 너는 너로서 예쁘다'는 것이었다.

아름다움이란 참으로 무서운 것이다.
그것을 규정할 수 없기 때문이다.

– 표도르 도스토옙스키(Fyodor Dostoevsky)

미(美)는 여름의 과일이다.
부패하기 쉬우며 오래가지 않는다.

– 프랜시스 베이컨(Francis Bacon)

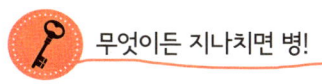

무엇이든 지나치면 병!

"너무 깔끔한 우리 남편, 좀 말려주세요"

가족들이 먹을 맛있는 밥상을 차리며 행복을 느끼는 주부입니다. 보글보글 끓인 된장찌개에서 숟가락으로 하얀 두부를 떠 남편의 입에 쏙 넣어주고, 노릇노릇 구워진 고등어는 살을 발라 애들 밥 위에 얹어주는 그런 재미! 주부인 분들은 다들 아시죠? 가족이 함께 찌개 냄비에 숟가락 부딪쳐가며 오순도순 밥 먹는 게 바로 행복 아니겠어요? 하지만 우리 집에서 이랬다가는 난리가 납니다. 남편의 결벽증 때문인데요.

딸 : 김치찌개 맛있겠다. 음~ 엄마 솜씨 짱!

남편 : 나 안 먹어! 왜 숟가락을 거기 넣어? 에이!

딸아이의 숟가락이 더럽다는 거죠. 비빔밥을 맛있게 비벼 한 입 먹으라고 떠줘도 더럽다고 먹지 않습니다. 제가 먼저 한 숟가락 떠먹어서 밥이 더럽혀졌다는 거죠. 아무리 목이 말라도 딸이 먹던 컵은 절대 안 씁니다. 그래도 남편이 장인 장모 앞에서는 눈치를 좀 볼 줄 알았어요. 사위만 보면 밥을 한술이라도 더 퍼주고 싶은 게 장모 마음이잖아요. 그래서 더 먹으라고 밥을 떠줬다가 표정을 싹 바꾸면서 수저를 내려놓는 남편 때문에 분위기만 싸해졌죠. 이러니 식사시간에 대화가 없어요. 혹시 말하다 밥풀이라도 튀면 어떤지 아세요?

남편 : 방금 뭐 떨어졌어? 어디? 어디? 어디 떨어졌어? 밥 먹을 때 왜 말을 해!

결국 밥풀이 떨어진 반찬을 상 밑으로 치워버려야 다시 밥을 먹을 수 있답니다. 가족들과 찌개와 반찬을 함께 먹는 게 뭐 그렇게 더럽다고 저러는 걸까요? 그게 우리나라의 문화이고 정 아닌가요? 가족끼리 나눠먹고 섞어먹고 다들 그러면서 사는데 왜 우리 남편만 유난을 떠는지 이해가 안 돼요. 밥 먹을 때 반찬을 자기 것만 따로 덜어달라고 하는 것도 모자라, 반찬 덜 때 쓴 숟가락도 다시 못 쓰게 하니, 네 식구 밥 먹는데 숟가락이 열세 개가 나온다니까요. 그 설거지는 또 누가 하나요! 남편이 하는 것도 아니고! 제가 아무리 전업주부라지만, 유난 떠는 남편 때문에 대부분의 시간을 씻고 소독하는 데 보내는 것도 지겹습니다.

결혼한 지 22년이 지났는데 음식 한번 정답게 나눠먹거나 서로 먹여준 적이 없고, 우리 불쌍한 두 딸도 아빠한테 '아빠, 아~' 한번 못 해보고 컸어요. 이제 정말 대놓고 물어보고 싶어요. 뭐가 그렇게 더럽냐고요!

집 안이 좀 지저분해도 신경 안 쓰고 잘 사는 사람이 있고, 빨랫감이나 설거지거리가 쌓여 있는 걸 못 견디는 사람이 있다. 어떤 사람은 상대방이 너무 깔끔을 떨어 피곤하고, 어떤 사람은 상대방이 게으르고 지저분해서 한심하다. 그런 것들로 인해 함께 사는 사람들 사이에서 종종 갈등이 촉발된다. 이날 방송을 찾은 K씨도 비슷한 문제로 남편과의 관계를 고민하고 있었다.

찌개를 같이 떠먹는 등의 한식 문화에 대해서는 K씨의 남편만 좋지 않게 생각하는 건 아니다. 이 숟갈 저 숟갈이 드나들게 찌개를 함께 먹는 일을 불결하게 생각하는 사람도 적지 않다. 하지만 그렇다고 해도 피를 나눈 가족 간에는 별 신경을 쓰지 않기 마련인데, K씨의 남편은 가족 사이에서도 그런 것들을 견디기 어려워하는 모양이었다. 옆에서 남편의 결벽증을 지켜봐온 K씨가 남편이 어느 정도인지를 잘 설명해줬다.

"마음 놓고 같이 찌개를 먹어본 적이 없죠. 김치도 따로 먹어야 하고요. 화채나 팥빙수, 아이스크림은 보통 같이 먹잖아요. 그런 것도 일단 깨끗한 숟가락으로 각자의 그릇에 나눈 다음에 먹어야 해요. 반찬을 덜 때 쓴 숟가락은 다시 못 쓰게 하니까 반찬마다 더는 숟가락이 따로 있어야 하죠. 반찬을 부득이하게 각자 나누지 못했을 때는 남이 집어먹은 곳을 피해서 먹어요. 요새는 아예 식판을 구입해서 따로 먹어요."

그렇다면 K씨의 남편에게는 청결함에 대한 전반적인 결벽증이 있는 건 아닐까? 다행스럽게도 K씨의 남편은 청소 등에 대해서는 일절 간섭하지 않는데 유독 먹는 것에만 그렇게 민감하다고 한다. 당사자인 그는 '가족이라고 해서 꼭 같이 먹어야 사랑하는 건가'라며 자기가 먹는 음식에 다른 사람의 숟가락이 드나드는 건 참기 어렵다고 단언했다. 기본적으로 음식에 다른 사람의 침이 섞이는 건 위생적이지 않다는 생각이 확고해 보였다. 사회생활하면서 같이 찌개를 먹거나 누군가 입을 댄 잔을 받아 술을 마셔야 하는 경우가 생기는데, 그럴 때면 며칠씩 속이 역겨워 고생했었다고 한다. 그러다보니 가장 미운 사람은 자신이 밥을 먹고 있는데 무슨 맛이냐며 젓가락을 들이미는 사람이라고 했다. 그러면 그 음식은 먹을 수가 없는데 대놓고 버릴 수도 없어서 아주 난처하다고.

그러면서 K씨의 남편은 사랑하지만 아내와 딸이라고 해도 뽀뽀조차 할 수 없다고 말해 출연진을 경악하게 만들었다. 그가 입에 대는 것에 대해서만 유난히 청결을 강조하는 이유는 무엇일까. 그가 털어놓은 이야기는 어두운 과거에 얽힌 사연이었다. 어려서 워낙 가난해서 미군부대에서 나온 음식물 쓰레기로 만든 꿀꿀이죽 같은 것을 먹고 자랐는데, 그때 나이가 들어서는 절대 이런 것을 먹지 않겠다고 다짐했었다는 것이다. 어려웠던 과거가 위생에 대한 강박관념으로 이어졌다는 말에, 가족과 방청객들은 대체로 공감하는 눈치였다. 그렇지만 이제는 과거의 트라우마를 떨쳐낼 때도 된 게 아닐까. 아버지의 유난에 이제는 적응했을 법한 딸들도 여전히 아버지와 같이 식사하는 게 쉽지 않은 듯했다.

"밥 먹을 때는 식구들하고 먹는 거니까 엄마랑 아빠랑 언니랑 얘기하고 웃으면서 먹고 싶은데, 그러다보면 침이나 밥풀이 튈 수도 있잖아요. 그런데 예를 들어 김치에 음식이 튀었으면 그걸 끝까지 찾아야 되고 찾아도 그 반찬은 절대 안 드세요. 만약에 튄 거를 못 찾잖아요? 그럼 튀었을 가능성이 있는 부근의 모든 음식을 안 드시죠. 그러니까 솔직히 아빠랑 같이 먹지 않으려고 하게 돼요."

남들처럼 밥 한번 먹어보자는 가족의 요청에 어렵게 고개를 끄덕여 보이는 K씨의 남편. 방송의 마무리는 훈훈했다. 입으로 들어갈 세균을 감수하고 그가 아내와 오랜만에 뽀뽀를 한 것. 하지만 K씨가 전해온 소식에 따르면 방송 전에는 눈치를 보던 남편이 방송 후에는 주변 사람들이 다 알게 되면서 대놓고 결벽증을 보이는 등, 여전히 식사 때의 위생에 민감하고 예전보다 더한 측면도 있다고 한다.

사랑은 '하기 싫은 일'을 할 수 있는 것

음식을 같이 먹는 것도 결국 신뢰의 문제라는 게 그룹 씨스타의 다솜양의 생각이다. 가족들이나 자주 보는 멤버들처럼 그 사람에 대한 신뢰가 있다면 찌개든 아이스크림이든 뭘 먹어도 상관없지만, 처음 보는 낯선 사람이면 된장찌개 하나도 같이 먹기가 어렵다고. K씨 남편의 경우는 과거의 트라우마에서 비롯된 것이긴 했으나, 편하게 식사하고 싶다는 가족들의 간절한 소망을 들어주는 것이 가족을 위한 배려이자 사랑의 표현은 아닐까. 사랑은 하기 싫은 일을 할 수 있는 것이기에.

결혼 전에는 눈을 크게 뜨고,
결혼 후에는 눈을 반쯤 감아라.

– 베냐민 프랭클린(Benjamin Franklin)

가정은 사람이 있는 그대로의 자기를
표현할 수 있는 장소이다.

– 앙드레 모루아(André Maurois)

마른 빵 한 조각을 먹으며 화목하게
지내는 것이,
진수성찬을 가득히 차린 집에서 다투며
사는 것보다 낫다.

–『성경』

Part 5

아무리 살아도
종잡을 수 없는 세상,
지금 세상이 어떻게 돌아가는 걸까

"엄마 구속하는 아들, 보신 적 있으세요?"

사는 게 너무 갑갑한 올해 마흔한 살, 1남 3녀의 엄마입니다. 다른 집 주부들은 집안일하느라, 애들 공부시키느라 스트레스를 받는다고 하지만 그런 스트레스는 제가 당하는 일에 비하면 아무것도 아니에요. 바로 우리 아들의 구속 때문입니다. 아들이 엄마를 구속한다는 게 황당하시죠? 그렇지만 우리 집에서는 그 일이 실제로 벌어지고 있습니다. 일단 전 아무리 더워도 짧은 옷을 입지 못한답니다.

"뭐야? 지금 그 옷 입고 나갈 생각은 아니지? 그렇게 입고 나가기만 해봐! 당장 갈아입어!"

남편이 하는 얘기가 아닙니다. 우리 아들이 저한테 야단치는

194○

말이에요. 마트 같은 곳에서도 남자 종업원에겐 말도 못 걸어요.

"지금 뭐한 거야? 왜 아무 남자하고나 얘기를 해? 다른 남자들이랑은 눈도 마주치지 말란 말이야!"

제 아들이 올해 몇 살이냐고요? 초등학교 2학년입니다. 기가 막혀서 말이 안 나오시죠? 이 녀석이 무서워서 지하철도 못 탑니다. 지하철이니까 제 옆에 다른 남자가 서 있을 수도 있잖아요? 근데 제 아들은 그 꼴을 보기만 하면 '떨어져 있어라, 자리를 바꿔라, 저 남자가 엄마를 보는 눈빛이 이상하다' 등등 별의별 소리를 다 하며 저를 볶아댄답니다. 저만 단속하기도 바쁠 텐데, 누나에 다섯 살 여동생까지 집안 여자들을 가만두지 않아요.

누나 : 엄마, 나갔다 올게요!

아들 : 누나, 잠깐! 스톱!

누나 : 왜? 뭐야?

아들 : 지금 누나 옷, 속옷 비치는 거 몰라? 어떻게 그런 옷을 입고 나갈 수 있어?

누나 : 뭔 소리야? 요새 다 이 정도는 입거든?

아들 : 몰라! 못 나가! 절대 못 나가! 그리고 너, 동생!

동생 : ……

아들 : 너는 왜 그렇게 등이 심하게 파인 옷을 입고 있어? 당장 갈아입지 못해?

누나가 외출할 때는 속옷이 비친다고 현관문도 나서지 못하게 하고요. 다섯 살 난 여동생에게 등이 너무 많이 파진 옷이라며 당장 갈아입으라고 소리지르는 통에, 그 어린애가 넋이 나가서 멍하게 서 있던 얼굴이 지금도 생각납니다. 도대체 왜 이런 버릇이 생긴 걸까요? 처음에는 귀엽기도 하고 그랬는데 지금은 애가 너무 고지식하게 자라는 건 아닐까 걱정이 앞섭니다. 우리 아들 좀 확 고쳐주실 분, 연락 좀 주세요!

엄마가 남자 MC들 사이에 앉아서 방송한다는 것도 마음에 들지 않아했다는 P씨의 아들 K군. 실제로 사연을 담당한 신동엽씨가 옆에 앉자 어두운 표정을 짓더니 여성 MC인 이영자씨가 P씨의 옆으로 자리를 옮긴 후에야 표정이 밝아졌다.

아들이 엄마를 구속하기 시작한 건 여섯 살 때부터였다고 한다. 공연을 보러 갔는데 엄마 옆에 다른 남자가 있다면서 울고불고 난리를 쳤다고. 이후로 공연장에 가든, 직장 동료들과 회식을 하든 엄마 옆에 남자가 있는 걸 보면 간섭했다는 K군이다. P씨는 어린아이가 주먹을 불끈 쥐고 상대 남자를 째려보는 바람에 무안한 적도 많았다고 했다. 이제는 지하철을 타도 아들의 눈치를 보면서 남자가 없는 칸을 골라서 타고 아들의 사인에 맞춰 자리를 옮겨야 한다고. 다른 아저씨가 타고 있는 자전거 손잡이가 엄마가 탄 자전거와 맞부딪치는 것조차 강하게 경계했다는 K군. 그 이유를 묻자 '엄마가 항상 만지던 손잡이라 다른 남자가 건드리는 건 싫다'고 똑부러지게 대답했다.

"놀이기구를 타러 가서 엄청 난감했던 일이 있어요. 재미있으니까 운행하는 DJ랑 농담을 주고받고 그랬거든요. 그랬더니 아들 녀석이 씩씩거리면서 그 남자를 잡아먹을 듯이 노려보고는, 저한테 왜 다른 남자랑 농담하느냐고 화를 내더라고요. 그리고 눈물을 뚝뚝 흘리기에 잘못했다고 빌었죠."

K군 누나의 증언도 P씨의 말과 크게 다르지 않았다.

"집에서 이런저런 얘기하다가 남자 얘기만 나와도 그 남자 누구냐고 난리를 쳐요. 제가 아는 교회 오빠라고 해도 오빠 소리가 듣기 싫대요. 오빠는 남자친구한테나 하는 거니까 오빠라고 하지 말고 이름을 부르라네요. 남이 들으면 무슨 남자친구가 질투하는 것 같죠? 지하철을 타면 제 옆에 남자가 앉을까봐 자기 손으로 의자를 막고 있어요. 아빠도 가끔 한두 마디 하는데 동생하고는 비교도 안 돼요. 쟤 눈치 보느라 사실 좀 피곤해요."

학원 친구들이 놀러왔을 때 '방문을 닫고 놀면 무슨 짓을 할지 모른다'며 문도 못 닫게 해 민망했다는 누나의 이야기가 이어졌고, 듣고 있던 P씨는 걱정스러운 눈빛으로 아들을 쳐다봤다. 사랑과 집착은 종이 한 장 차이가 아닌가. K군이 커서도 사랑하는 사람에게 집착한 나머지 그 사람을 구속하고 옭아매는 것을 사랑으로 생각하지는 않을지, 그녀는 걱정하고 있었다. 아들이 아버지의 영향을 받은 것 같다는 추측을 했지만 남편조차 조금 보수적인 성격이라 짧은 옷을 입으면 한두 마디 하는 정도지, 남자가 근처에 있는 것까지 신경쓰는 사람은 아니라고 했다.

K군은 엄마를 구속하는 이유에 대해 깜짝 놀랄 만한 답변을 내놓았다. 드라마를 즐겨보는 K군이 어려서 남자들이 여자를 괴롭히는 영상을 본 적이 있는데, 그 영상을 보고 충격을 받았다고. 그때부터 다른 남자들이 엄마를 몰래 만질 것 같은 불안감이 들기 시작했다는 것이다. 나날이 늘어가는 잔혹한 범죄에 대한 불안과 엄마에 대한 사랑이 맞물려 구속이란 형태로 표출된 셈. 아이가 유난하다고 치부하기엔 우리 사회가 안고 있는 문제가 그만큼 심각한 것도 간과할 수 없는 사실이다.

세상의 반은 남자라서 피하고만 살 수 없고, 아들도 엄마와 누나에게만 신경쓰지 말고 다른 여자친구들과 어울렸으면 좋겠다는 어머니의 부탁으로 이날의 녹화는 마무리됐지만, 어머니의 고민 상담 후에도 K군의 행동은 여전하단다. 아직 미성숙한 단계니 좀더 기다려주는 편이 좋을 듯.

사람에게 마음의 병을 강요하는
일차적 원인은 사회에 있다.

– 김태형, 『불안 증폭 사회』

두려움은 환상이다.

– 마이클 조던(Michael Jordan)

다이어트 공화국, 우리는 왜 체중에 목숨 거는가

"다이어트의 신으로 등극한 우리 언니,
제발 좀 말려주세요"

우리 언니는 80킬로그램의 몸무게를 단 6개월 만에 48킬로그램으로 감량한 '다이어트의 신'이에요. 정말 대단하죠? 제가 봐도 언니는 옛날보다 정말 예쁘고 날씬해졌어요. 축하할 일이죠. 그런데 언니의 몸무게가 32킬로그램이나 빠진 그 순간부터 우리 집엔 재앙(!)이 닥쳤습니다. 무슨 일이 벌어졌냐고요? 식탁에서 언니가 저한테 야단을 치기 시작했어요. 많이 먹지 말라고요.

　　언니 : 야! 너 지금 설마 그 밥을 다 먹으려는 거야? 밥은 40그램이면 충분해. 반찬이 이게 다 뭐야? 다 빼! 김 한 장이면 충분하다고.

나 : 언니, 김 한 장만 더 먹으면 안 돼?

언니 : 안 돼!

제 나이가 열여섯인데요. 많이 먹고 커야 할 나이 아닌가요? 그런데 언니 때문에 아침으로 고작 밥 40그램과 김 한 장을 먹습니다. 그렇게 먹어보신 적 있으세요? 간에 기별도 안 간답니다. 분명 아침을 먹고 학교에 갔는데 교문에 들어서는 순간부터 배에서 꼬르륵 소리가 난다니까요. 저한테만 이러면 그래도 참겠어요. 작년 할아버지 생신 때는 어땠는지 아세요?

아버지 : 오늘 할아버지 생신인 거 알지? 아빠가 한턱 쏠 테니까 다 같이 할아버지가 좋아하시는 고기 먹으러 가자.

나 : 와~ 고기! 아빠, 완전 최고!

언니 : 아빠! 지금 뭐라고 했어?

아버지 : 응? 고기 먹으러 가자고 했지?

언니 : 고, 고기? 아빠 사람이야? 어떻게 그런 지방 덩어리를 먹을 수 있어? 절대 안 돼!

다른 날도 아니고 할아버지 생신에, 할아버지가 좋아하는 음식을 먹으러 가자는 건데 어떻게 그런 말을 할 수가 있을까요? 할아버지와 온 식구를 경멸에 찬 눈빛으로 쏘아보던 그날 언니의 그 눈빛을 아직도 잊을 수가 없어요. 이런 언니 때문에 우리 집은 아예 저울을 사다놓고 음식을 먹을 때마다 무게를 달아요. 식빵은 35그램을 넘게 먹을 수 없고요, 잼은 딱 한 숟가락만 바를 수 있어요. 군대도 아닌데 우리 집 식탁에는 식판과 저울이 항상 준비돼 있죠. 그 식판에는 코딱지만큼의 음식만 놓을 수 있어요. 혹시 많이 퍼담았다 싶으면 즉시 저울에 달아 냉정하게 덜어내버리는 언니 때문에 저 진짜 배고파 죽겠어요.

입에 뭔가 들어갈 때마다 일단 스트레스부터 쌓이다보니 건강도 점점 망가지고 있어요. 짜증도 점점 늘어나고요. 그러다보니 식구들끼리 싸우는 일도 생겨요. 더 무서운 건 그러면서 저도 모르게 언니가 시키지 않아도 밥의 무게를 재고 있다는 거예요. 어젯밤에 보니까 아빠도 멸치 무게를 재고 계시더라고요. '다이어트의 신' 우리 언니 때문에 온 가족이 다이어트 강박증에 시달리고 있습니다. 저 좀 살려주세요!

방송에 출연한 L양의 언니는 상당히 날씬한 몸매의 소유자였다. 그런데도 함부로 먹으면 살이 찔 것 같아서, 칼로리를 따지지 않으면 음식이 넘어가지 않는다고 했다. 군것질조차 험난하고 깐깐한 과정을 거쳐서 하는 그녀였다.

"과자는 봉지 뒤에 1회 제공량이 써 있는데, 보통 30~40그램

정도예요. 그걸 따져보고, 아무리 참아도 먹고 싶을 때는 한두 개 정도만 먹어요. 그리고 과자에는 유처리 제품이 있고 유탕처리 제품이 있는데, 유처리는 기름을 뿌린 거고 유탕처리는 기름에 튀긴 거라서 유처리 제품만 골라먹어요. 빵은 소시지빵이나 페이스트리 같은 건 절대 금물이고요. 식빵이나 단팥빵처럼 양에 비해 칼로리가 낮은 걸로 먹죠. 식빵에 잼을 바르면 칼로리가 확 올라가는 거 아시죠? 식빵 35그램이면 100칼로리인데, 잼 20그램에 40칼로리거든요. 잼을 바르면 순식간에 140칼로리가 되니까, 잼은 되도록 안 먹고 정말 먹고 싶으면 무게를 달아보고 먹어요."

이런 그녀 때문에 L양 가족은 상상을 초월할 정도의 소식을 하고 있었다. 그들의 식탁에서 햄이나 소시지 같은 음식은 아예 찾아볼 수가 없고, 반찬은 고작 김 세 장, 김치 한 조각, 불고기 한 조각, 멸치볶음 조금이 전부였다. 왜 그녀는 이토록 다이어트에 목숨을 거는 걸까.

L양의 언니는 남들과 비슷한 이유로 다이어트를 하고 있었다. 바로 다른 사람들 앞에서 당당해지고 싶고, 입고 싶은 옷을 마음껏 입고 싶다는 것. 살이 쪘을 때는 창피해서 친구들조차 만나고 싶지 않았는데 이제는 거리에 나가서 다른 사람의 시선을 받는 일이 즐겁다고도 했다. 다이어트를 통한 자신감 회복과 스스로에 대한 만족감 상승은 두 손 들고 환영할 일. 문제는 그녀가 원치 않는 가족들에게까지 다이어트를 강요한다는 데 있었다. 특히 동생이 키도 작고 살

이 잘 찌는 체질이라 다이어트가 꼭 필요하다는 게 그녀의 생각이었다. 하지만 언니의 지나친 다이어트 강박증 때문에 밖에서는 오히려 폭식을 하고, 음식을 먹을 때마다 칼로리를 계산하느라 피곤하다는 L양의 푸념은 안쓰럽기 그지없었다. 바나나 한 개만 먹을 수 있어도 기뻐하는 L양의 모습을 보는 부모의 마음도 편하지 않고 말이다.

사실 이해하지 못할 일은 아니다. 비만을 바라보는 시선이 차가운 요즘. TV만 켜면 늘씬한 몸매의 연예인들이 넘쳐나고, 그들의 모습은 마치 이 몸이 당신이 가져야 할 유일한 몸이라고 암시라도 하는 것 같다. 그들과 '다른' 몸을 지닌 보통의 우리는 매일 거울 앞에서 실망하고 좌절한다. '몸짱'이 필수요건처럼 여겨지고, 뚱뚱한 사람은 게으르고 능력 없는 사람으로 치부된다. 결국 지친 몸을 이끌고 헬스클럽으로 향한 우리는 뛰고 들고 당기면서 땀을 뺀다. '그들'과 같은 몸을 갖기 위해.

L양 가족의 고민은 단순히 한 가정의 이야기로 치부하기엔 우리 사회의 씁쓸한 단면을 고스란히 담고 있었다. 예뻐지고 싶다는 '소망'을 넘어 예뻐져야 한다는 '강박'에 시달리는 오늘날의 우리들. 지금 우리는 과연 누구를 위해 식욕을 억누르고 주린 배를 부여잡은 채 러닝머신 위에서 뛰고 있는 걸까. 스스로에게 당당하기 위해서? 아니면 남들에게 보여주기 위해서? 다른 사람들이 재단해놓은 미의 기준에 맞추기 위해 스스로를 혹사시키고 있는 건 아닌지, 우리 모두가 생각해볼 일이다.

다이어트 경험에 대해서는 게스트들의 반응도 특별히 다르지 않았다. 노래 실력을 겨루는 오디션 프로그램에서조차도 외모가 워낙 중요해 어쩔 수 없이 다이어트를 하느라 스트레스를 받았다는 장재인씨. 프로그램에 참가한 후 자신의 음악보다 외모에 관심을 두는 사람이 많아 당황스러웠다고 한다. 자기뿐만 아니라 함께 출연했던 남자 지망생들도 프로그램이 끝나면 허기를 견디다 못해 폭식을 하는 경우가 부지기수였다고. 그녀의 이야기를 통해 외모지상주의 사회의 씁쓸한 단면을 다시금 확인할 수 있었다.

미에는 객관적 원리가 없다.

— 요한 괴테(Johann Goethe)

세계인들은 전염병에 걸렸다.
멀쩡한 사람도 자신의 몸에 문제가 있다고
생각하는 병이다.

— 수지 오바크(Susie Orbach)

나는 나이 들어가는 것이 기대된다.
왜냐하면 그럴수록 외모에 대한 관심은
점점 더 비중이 낮아지고,
자신이 어떤 사람이 됐는가가
더 중요해지기 때문이다.

— 수잔 서랜든(Susan Sarandon)

직업에 귀천이 없다? 정말?

"무속인하고 결혼하면 안 되나요?"

저는 꽃다운 스물세 살의 평범한 여자입니다. 얼마 전에 제게 정말 멋진 남자가 나타났어요. 또래의 친구들처럼 남자친구와 영화도 보고 맛집도 다니며 예쁜 사랑을 하고 있답니다. 나이 차이는 좀 나요. 아홉 살 차이지만 그건 큰 문제가 아니랍니다. 자연스럽게 미래를 약속하고 결혼 생각까지 하게 됐죠.

> 나 : 아빠, 저 그 사람이랑 결혼 약속했어요.
>
> 아버지 : 못 들은 걸로 할게.
>
> 어머니 : 너 말이야. 아직 나이도 어린데 꼭 그런 사람하고 결혼해야겠니?

너 앞으로도 그 사람보다 좋은 사람 얼마든지 만날 수 있어.

나 : 내가 이렇게 그 사람 사랑하는데 뭐가 더 필요해요?

어머니 : 더 얘기할 필요 없고, 무속인이 뭐냐, 무속인이? 점이나 치는 사람을 불길하게 어떻게 들여? 적당히 만나고 얼른 헤어져!

네, 그렇습니다. 제가 사랑하는 남자가 무속인이에요. 제가 처음 그 사람을 만날 수 있었던 것도 그 사람의 직업 덕분이었습니다. 답답해서 진로를 물어보러갔다가 따뜻하게 제 마음을 보듬어주는 그에게 반해서 여기까지 온 거거든요. 그래서 제게는 그 사람의 직업이 정말 멋지고 소중한데…… 부모님은 그렇지 않으신가봐요.

직업에 대한 편견 같은 거, 저도 없다고 말은 못 해요. 그렇지만 무속인이 뭐 어떤가요? 남을 해치는 일도 아니고 법에 어긋난 일도 아니잖아요. 사람들이 궁금해하는 미래를 알려주고 더 좋은 길로 갈 수 있게 도와주는 일인데, 그게 뭐가 문제인지 모르겠어요.

하지만 제가 아무리 이런 말을 해도 부모님은 절대 용납할 수 없다는 입장이세요. 인연을 끊자는 말까지 나왔어요. 드라마에서만 보던 부모님의 결혼 반대, 제가 실제로 이런 일을 겪을 줄은 꿈에도 몰랐는데 직접 겪어보니 정말 너무나 답답하고 어찌할 바를 모르겠습니다. 여러분은 자식이 데려온 사윗감이나 며느릿감이 무속인이라면 반대하실 건가요? 자식이 너무나 사랑하고 이 사람 없이는 못 살겠다고 해도 끝내 막으실 생각이신가요?

애견 미용시험을 준비하는 도중에 결과가 궁금해 점집을 찾았다가 지금의 연인 K씨를 만나게 됐다는 N씨. 가족들이 모두 외국에 있어 외로운 마음에 자주 찾아가 고민을 상담하면서 점점 가까워졌다고 했다. 그는 시험에 합격한다는 결과까지 맞췄다고.

남자친구가 무속인이다보니 웃지 못할 사연도 있었다. 점을 통해 미래를 예측하는 것을 신뢰하는 성격인 N씨는, K씨와의 관계가 걱정돼 몰래 다른 점집에 가서 점을 본 적이 있었단다. 그러나 무속인인 그의 눈을 속일 수가 없어서 바로 들통이 나는 바람에 크게 싸우기도 했다고. MC들의 관심은 아무래도 무속인 K씨에게 쏠렸다. 그가 무속인이 된 사연부터 살아온 과정에 대한 질문들이 쏟아졌다.

"열 살 때 어느 할머니가 운명처럼 제가 무속인의 길을 갈 것이라고 알려주셨어요. 처음에는 저도 믿지 않았는데 언젠가부터 눈에 무언가가 보였습니다. 가족들의 반대? 무척 심했어요. 하지만 제가 이 길을 걸으면서 집안 형편도 나아지고 운이 풀렸거든요. 가족들도 지금은 받아들이고 있습니다."

점을 본 손님의 형편이 좋지 않으면 복채도 받지 않는다는 따뜻한 마음을 가진 K씨. 하지만 N씨와 한 가족을 이루는 길은 쉽지 않았다. N씨가 K씨 가족의 결혼 허락을 받는 것은 일사천리로 이뤄져 지금은 일주일에 한 번씩 집을 드나들 정도. 그러나 문제는 N씨 가족이었다. 특히 어머니의 반대가 심하다고. 그녀의 말에 따르면 어머니는 한국에 혼자 있는 딸을 자상하게 대해준다는 점은 고맙지만, 무속인이라는 직업은 절대 용납할 수 없다는 입장이라고 했다. 그래서 이제는 자신의 말을 듣지 않는 딸을 보지 않으려 하고 전화를 걸어도 끊어버리는 지경에 이르렀다는 것. 부모님의 극심한 반대에 부딪친 일을 회고하던 N씨는 목이 메인 듯 말을 잘 잇지 못했다.

부모님과 갈등이 생기자 그녀는 K씨와의 관계를 처음부터 다시 생각하기도 했었다. 혹시 한국에 혼자 남겨진 외로움 때문에, 외로움을 채워주던 감정을 사랑으로 착각한 건 아닐까. 심각하게 헤어질 생각도 했으나, 그건 아니었다. 그녀는 K씨가 없이는 살 수 없음을 절실히 느끼고 있었고, 그가 없다고 생각한 순간 이 세상에 혼자 남겨진 듯한 절망이 다가왔다.

우리 주변에 존재하는 무수한 편견들 중 직업에 대한 편견을 빼놓을 수 없다. N씨 부모님이 반대하는 이유를 K씨는 충분히 이해하고 있었다. 무속인도 남들과 마찬가지로 똑같이 결혼하고 자식을 낳아 키운다는 그의 말에서 무속인을 향한 편견을 담담히 감당해온 삶이 느껴졌다. 반대하는 그 마음을 알기에 아무 말도 할 수 없다는 K씨. 자신이 직접 나서 설득해보려는 생각도 했지만 너무 완강한 반대로 인해 다가가기조차 힘들었다고 토로했다.

이어 K씨의 입에서 나온 말은 녹화장의 분위기를 뭉클하게 만들었다. 녹화 다음 날 N씨의 부모님이 귀국을 하는데 자신이 직접 찾아뵐 생각이고, 만약 자신의 직업 때문에 결혼을 반대한다면 주변의 많은 사람들이 힘들어지겠지만 무속인의 길을 포기할 생각이라고 했다. 그 말을 들은 N씨의 눈에서는 눈물이 쏟아졌다. 오랜 시간 걸어온 무속인의 길을 포기하는 것은 쉬운 결정이 아닌 법. 사랑하는 사람을 위해 헌신하려는 그의 진심을 본 녹화장의 많은 사람들이 눈시울을 붉혔다.

'신보다 여자친구를 더 사랑한다'라고 꿋꿋이 이야기할 준비가 돼 있다는 K씨. 과연 N씨의 부모님은 그의 간절한 바람을 들어주셨을까. 이 이야기의 결론은 해피엔딩이다. K씨는 N씨의 부모님에게 결혼 허락을 받아냈고 그들 커플은 현재 결혼식 날짜가 다가오기만 기다리고 있다고 한다.

편견을 깨면 진심이 보인다

그룹 시크릿의 멤버들은 이날 K씨를 만나기 전까지 솔직히 무속인에 대한 편견이 있었다고 고백했다. 그러나 그에게서 느껴지는 진솔함과 여느 남자와 다를 바 없이 한 여자를 사랑하고 아끼는 모습을 보고, 완전히 새롭게 생각하게 됐다고. 우리가 가진 편견은 대체로 실체에 대한 확인 없이, 생각 속에서 만들어지곤 한다. 아마 N씨의 부모님도 K씨를 직접 만나자 딸을 향한 그의 사랑을 마음 깊이 느끼고, 무속인이기 이전에 늠름한 사윗감으로 그를 바라보지 않았을까.

편견은 분별없는 견해다.

– 볼테르(Voltaire)

성숙한 깨달음이란
지난 세월 내가 갖게 된 선입견과 편견을
이해하고 개선할 때만 가능해진다.

– 샘 킨(Sam Keen)

"세상 사람들이 다 범죄자 같아요"

일단 제가 친구와 나누는 대화부터 들으시면 제 고민이 바로 느껴지실 것 같아요.

> 친구 : 저 봐라 저, 논두렁 보이재? 저기서 시체 묻으면 아무도 모른대이. 저기저기 저 공사장 보이나? 저런 데서 연쇄살인 나는 기야. 시멘트로 발라버리면 아무도 모른대이.
>
> 나 : 시멘트로 바르면 몇 사람이나 묻을까?
>
> 친구 : 저 정도 크기면 너댓 명은 안 묻겠나?

무슨 범죄 현장을 보고 나누는 대화가 아닙니다. 평범한 스물 두 살 여대생 둘이서 아무것도 없는 평범한 논두렁과 공사장을 보고 하는 얘기입니다. 대체 무슨 나쁜 일이라도 당했느냐고요? 그런 것 없지만 가장 친한 친구가 범죄 염려증에 걸려버린 후로, 우리는 매일같이 범죄 현장(?)을 지나가는 마음으로 길을 다닙니다. 요즘 무서운 신문기사도 많이 나오고 여자들 살기 겁나는 세상이죠. 그렇다고 해도 제 친구는 좀 심한 거 같아요. 카페 창가에 앉아서 커피를 마시다보면 밖에 지나가던 차가 살짝 감속할 수도 있잖아요. 그러면 제 친구는 눈에 띄게 불안해해요.

친구 : 저 차 우리 노리는 거다. 우리 보고 속도 늦추는 거야. 우리 납치할 라고 하는 거야.

어떤 남자가 저한테 관심이 있어서 따라오거나 미소를 지으면 제 친구는 무조건 저를 막아섭니다.

친구 : 착각하지 마래이. 지금 저 놈아 가방 안에 니 묶을라고 테이프링 칼, 도끼 그런 거 힌가득 있대이.
나 : 가시나 미쳤는갑다! 니 그거 병이다. 호들갑 좀 떨지 마래!

말은 그렇게 하지만 친구 말이 맞을 수도 있다는 생각도 해요.

자꾸 그런 말을 들으니까 이제 저도 웬만한 사람은 다 강도 같고 살인범처럼 보이는 거 있죠. 지난번엔 어떤 사람이 우리 집에서 나오는 거예요. 처음 보는 얼굴이라 무슨 일일까 가슴이 섬뜩했죠. 경찰에 신고하기 전에 먼저 어머니한테 혹시 무슨 일인지 여쭤봤더니 혀를 차시더라고요.

> 어머니 : 그 사람 월세 들어올라고 집 보러 온 사람이다. 가시나야. 니 요새 아무나 나쁜 놈 만들고 노이로제 아이가?

이제는 친구보다 제 증세가 더 심각한 것 같아요. 이게 다 친구 때문이기도 하지만 더 근본적으로 따져보면 세상에 범죄가 많기 때문이잖아요? 범죄가 사라지지 않는 한 제 불안증은 영원히 계속될 거 같아요. 그렇다고 이렇게 평생 남 의심하면서 살고 싶지는 않은데 저 어떡하죠?

어두운 밤길을 혼자 걸으며 불안해했던 적이 여자라면 누구나 있었을 것이다. 뉴스에서는 연일 강력 범죄 사건을 보도하고 소설이나 영화에서 튀어나온 듯한 사이코패스와 연쇄살인범들이 판을 친다. 사연의 주인공 H씨와 그의 친구는 '엄살이 아니라 정말 조심해야 한다'며 평소에 둘이 나누는 대화를 좀더 길게 공개했다.

"어디 놀러가서도 마음 편히 못 놀아요. 여기서는 소리질러도 들을 사람이 없기 때문에 소리 소문 없이 사람 죽는 거 시간문제라며 떨죠. '너희 집은 주택가라 오히려 위험하다. 소리질러도 사람들이 모른다. 신문에서 봤는데 토막살인이 벌어졌더라. 범인이 살인 중에 아들한테 전화받고 라면을 끓여먹었다니 오늘은 라면 먹지 마라.' 맨날 이런 얘기하느라 시간 다 보내요."

심지어는 여대생들이 으레 나누는 옷이나 화장품 이야기도 결국 '이 옷을 입으면 범죄에 얼마나 노출이 될까' '이 화장품이 범죄자를 자극하지는 않을까' 같은 걱정으로 마무리된다는 것. 일상이 범죄에 대한 공포로 가득 차니 조그만 일에도 놀라 소리치는 일이 다반사다.

"온 세상이 범죄로 가득 찬 거 같아 불안해요. 하루는 집에 가는데 잘 모르는 남자가 따라오더라고요. 어떡하지 어떡하지 하면서 가는데 우리 집까지 계속 따라오는 거예요. 도망갈까 어쩔까 미치는 줄 알았는데 알고보니 같은 건물에 사는 아저씨였어요. 한번은 2층 아저씨가 술 마시고 있는 걸 보고 괜히 겁먹어서 눈이 마주치자마자 고함을 질렀거든요. 아저씨가 저를 이상한 사람 취급했죠."

특히 H씨의 친구는 범죄에 관한 실질적인 지식을 많이 가지고 있었다. 실제 범죄가 일어나는 경우가 밤보다는 낮이 더 많고 사람들이 방심하기 쉬운 오후 네시나 다섯시, 살짝 어스름한 저녁이 가장 위험하다는 그녀의 설명. 범죄심리학 책을 늘 가지고 다니면서 범죄에 대비한다는 H씨의 친구는 호신술까지 배우는 중이라고 했다. 이날 녹화장에서는 MC들을 상대로 그녀들이 즉석에서 나름의 호신술을 선보여 관심을 끌었다. 하지만 H씨의 친구가 개발한 호신술은 허술하고 우스꽝스럽기까지 해서 오히려 MC들이 놀릴 정도였고, 나름의 방법을 개발한 노력에 비해 효과가 그렇게 있지는 않아 본인 스스로도 민망해했다.

적당히 조심하는 건 좋지만 그녀들 스스로도 불안증이 지나친 건 아닌가 하는 걱정을 하고 있었다. 골목에서 주차중인 할아버지를 보고 자신을 납치하려는 것이라고 느껴 무슨 짓이냐고 따졌는데, 알고보니 자신의 가게 앞에 차를 대려는 사람이었다는 이야기 등에서 그 정도가 심각한 수준임을 알 수 있었다. H씨의 친구가 범죄에 해박해진 데는 특별한 이유가 있었다. 어렸을 때 납치당할 뻔했던 기억 때문이라는 사실이 공개되고 분위기는 진지해졌다. 초등학교 때 택시 기사에게 끌려갔는데 친구 부모님 덕분에 간신히 위기를 모면했다는 이야기가 나오자, 그녀에게 동정과 공감의 눈길이 쏟아졌다. 어렸을 때 겪은 숨 막히는 공포가 범죄심리학 책을 달달 외우고 가방에 호신용 칼을 넣고 다니는 여대생을 만든 거였다.

그녀들의 불안감은 이 사회가 만들어낸 숙제이자 고민이나 다름없을 터. 누군가가 끔찍한 범죄에 희생됐다는 소식을 들을 때마다 상대적 약자인 여자들의 공포는 커지는 게 당연한 일이다. H씨와 그녀의 친구는 오늘도 가방에 호신용 스프레이를 넣은 채 여전히 촉각을 곤두세우고 거리를 걷고 있다는 소식이다.

고통에는 한계가 있으나
공포에는 한계가 없다.

– 프랑스 속담

위험에 대한 공포는
위험 그 자체보다 천배나 무겁다.

– 다니엘 디포(Daniel Defoe)

"어느 틈엔가 성형에 빠져들어버렸어요"

전라도 광주에 살고 있는 열여덟 살 청소년입니다. 저는 제 얼굴이 너무 마음에 안 들어요. 정말 보기만 해도 짜증나요. 자기 얼굴 마음에 딱 드는 사람이 별로 없다는 건 알아요. 그래도 저는 제 외모가 평균도 안 된다는 생각이 자꾸 들었어요. 그래서 어머니를 조르기 시작했죠.

> 나 : 엄마! 나 너무 못생기지 않았어?
>
> 어머니 : 내가 몇 번을 얘기해? 너만큼 잘생긴 애 없어.
>
> 나 : 에이. 엄마는 엄마 아들이니까 그렇고. 나 있잖아. 코만 세우면 진짜

괜찮을 거 같지 않아?

어머니 : 얘 좀 봐? 무슨 코를 세워, 남자애가?

나 : 엄마, 진짜 나 코만 세워주면 앞으로 이런 얘기 안 할게. 응?

투정에 투정을 부린 끝에 결국 어머니가 고등학교 1학년 때 성형수술을 허락해주셨어요. 소원이던 코를 높이는 데 성공했죠. 붕대를 풀고 기대에 차서 거울을 봤는데…… 여전히 마음에 안 드는 거예요. 이번엔 콧구멍이 너무 커 보였어요. 그런데 콧구멍 줄이는 수술은 없어서 눈을 좀 크게 만들면 어떨까 싶었죠. 그래서 눈까지 수술을 받았습니다. 이제 됐다, 하고 거울을 봤는데 충격적이게도 계속 콧구멍만 보이더라고요. 게다가 입까지 튀어나와 보이는 거예요. 미치는 줄 알았습니다. 여기저기 알아보니 턱에 뭘 맞으면 입이 좀 들어가는 효과가 있다고 하대요. 이제 진짜 마지막이라는 마음으로 턱에 필러까지 넣었습니다.

이쯤 되면 성형한 티가 나야 하는데 아직도 제 얼굴을 보면 그냥 답답하고 왜 이렇게 못생겼을까 하는 원망만 하게 되네요. 사실 욕심 같아서는 조금만 더 고치면 진짜 잘생겨 보일 것 같은데 엄마가 더이상은 절대 안 된다고 하세요. 지금은 성형을 한 것도 아니고 안 한 것도 아닌 애매한 상황입니다. 거울을 보면 자꾸자꾸 욕심만 생기고 미운 곳만 보여요. 그러면서 만족할 줄 모르는 제 자신이 살짝 걱정되기도 하고요. 저 어쩌면 좋을까요?

성형 전과 성형 후 사진이 먼저 공개되면서 '확실히 달라졌다'는 평을 받은 L군. 아직 어린 나이인 그가 유난히 성형에 집착하는 이유는 무엇일까.

"제 꿈이 가수거든요. 솔직히 요새 가수가 목소리만으로 뜨기 진짜 어려워요. 얼굴도 봐줄 만은 해야 사람들이 인정해주잖아요. 아이돌 가수 중에 못생긴 사람은 못 본 것 같아요. TV에서 아이돌들이 나와서 노래 부르는 거 볼 때마다 쟤들처럼 되고 싶다는 생각, 엄청 많이 하고요. 그러면 성형해야겠다는 생각밖에 안 들어요."

성형 후 준수한 외모를 갖게 됐음에도 불구하고 L군은 여전히 외모에 불만이 많았다. 하지만 L군 어머니는 아들의 꿈을 이해하면서도 부담을 떨쳐내지 못하는 모습이었다. 그동안 든 수술비만 해도 600만원에 달한다면서 더이상의 수술은 어렵다는 뜻을 비쳤다.

"연예인 되고 싶어하는 건 옛날부터 알았죠. 친할아버지 닮아서 들창코인데 그게 그렇게 콤플렉스인가봐요. 하도 졸라대서 몇 번 수술해줬는데 얼굴 좀 고쳤다고 연예인이 되나요. 아직은 실력이 한참 부족하죠."

좋아서 선택한 성형수술이지만 부작용은 만만치 않아 보였다. L군은 밤에 눈을 뜨고 자는 것은 물론, 세수할 때는 눈에 물이 들어가서 고생하고 있다고. 그러나 같이 출연한 L군의 친구는 그런 부작용에는 아랑곳하지 않고 '친구의 변해가는 모습이 부럽다'며 자신 역시 어머니를 설득해 꼭 성형수술을 할 거라고 이야기해 눈길을 끌기도 했다. 이들의 모습에서 잘생기고 멋진 연예인 같은 외모를 향한 강한 동경이 느껴졌다.

가수를 꿈꾸는 그가 외모에 신경쓰는 것은 어찌 보면 당연할지 모른다. 외모 역시 실력의 하나로 여겨지는 요즘 분위기를 간과할 수 없으니 말이다. 하지만 그럼에도 가장 중요한 기본은 실력인데, 유독 외모에만 집착하는 그의 모습은 걱정스러웠다. 스스로에 대한 자신감이 결여된 L군은 불안해 보였지만 가수를 향한 열망만큼은 확실해 보였다. '완벽한 얼굴을 갖게 될 때까지 성형을 멈추지 않겠다'는 L군. 그러나 지나치게 성형에 의존하기보다는 적정선을 지켜야 한다는 MC들의 만류가 뒤따랐다.

L군은 방송 출연 후 실제로 모 오디션 프로그램에 모습을 드러내 심사위원들에게 좋은 평가를 받았지만 '악성댓글이 삼천 개나 달려 힘들었다'며 후폭풍이 만만치 않았음을 고백하기도 했다. 지금은 더이상 성형을 하지 않고 가수로서의 실력을 다지는 데 총력을 기울이는 중이라고.

나를 사랑할 줄 아는 지혜

방송 말미에 진행된 가상 성형에서는 출연진들이 생각하는 콤플렉스를 보완한 합성사진이 공개됐다. 간혹 합성을 해서 더 멋져 보이는 얼굴이 나오기도 했지만 대부분은 그들이 가지고 있는 개성이 사라진 낯선 얼굴이 나와 웃음을 자아내기도 했다. 특히 개그우먼 송은이씨와 이영자씨는 본연의 얼굴이 가진 매력이 사라져 균형이 무너진 듯한 모습이 공개돼, 오히려 사람들에게 친숙한 지금의 외모가 낫다는 평을 받았다. 판에 박은 얼굴보다는 스스로의 개성이 잘 드러난 자연스러운 얼굴, 우리는 그런 얼굴을 매력적인 얼굴이라고 부른다.

내가 나를 사랑하면
세상이 나를 사랑한다.

– 혜민 스님

미는 쉬워 보이기 때문에
사람들이 가장 경멸하는 것이다.

– 장 콕토(Jean Cocteau)

불편은 참지 말고, 불의는 참으라고?!

"정의의 사도가 된 우리 엄마,
이러다 큰일나겠어요"

저는 초등학교 5학년 학생입니다. 초등학생이 무슨 큰 고민이 있냐고요? 다른 게 아니라 우리 엄마 때문에 불안해서요. 보통은 엄마가 딸을 불안해하는데 저는 엄마 때문에 걱정돼 죽겠어요. 학교에서 선생님이 나쁜 짓을 하면 안 된다고 가르쳐주시는데요. 남이 나쁜 짓 하는 것까지 다 막을 수는 없잖아요. 그런 건 경찰 아저씨들이 해주시기도 하고요. 불의를 보고 막 덤벼들었다가 싸움이라도 나면 어떡하나요? 전 그런 게 무서운데 우리 엄마는 불의를 보면 참을 줄을 모르세요. 그리고 거침없이 화를 내십니다.

교복을 입고 담배 피우는 언니, 오빠 들이 있으면 아저씨들도 슬슬 피하는데 우리 엄마는 그 자리에 딱 멈춰서세요.

엄마 : 야! 니들 담배 다 꺼!

언니 : 아이, 아줌마 뭐예요. 저희 다 피웠어요.

엄마 : 뭐. 뭐야? 너네 한번 혼나볼래? 당장 안 꺼?

오빠 : 아, 알겠어요. 내가 끈다. 꺼.

그 정도만 해도 될 텐데 끝까지 잔소리를 하세요. 쓰레기통에 버리라고요. 그러다가 혈기왕성한 언니, 오빠 들이 울컥해서 우리 엄마 어떻게 하지 않을까 옆에서 심장이 벌렁벌렁하답니다.

운전할 때 우리 엄마는 진짜 무서워져요. 다른 차가 위험하게 끼어들고 사과를 안 하면 무조건 쫓아가요. 급한 일이 있어도 쫓아가요. 우리 집이 경기도 화성인데, 수원역까지 쫓아간 적도 있어요. 엄마 때문에 제가 부끄러웠던 적도 있어요. 지난번엔 학교에 오시더니 어디서 들으셨는지 우리 반에서 말을 잘 안 듣는 친구들을 찍어서 불러내시더라고요. 그리고 복도에 세워놓고 혼을 내시는 거예요. 우리 엄마가 선생님도 아닌데 왜 다른 친구들까지 혼을 내시는지…… 제가 그러지 말라고 했더니, '너는 좀 가만히 있으라'고 하는데 엄마가 가고 나면 그 친구들은 또 저한테 뭐라고 한단 말이에요. 그럼 전 정말 피곤해져요.

엄마 친구들한테 엄마가 왜 저러는지 물어봤더니, 옛날에도 '독산동 쌈짱'에 '독산동 날라리'였대요. 우리 엄마 과거에 대체 무슨 일을 하신 걸까요? 이러다 우리 엄마 '화성 쌈짱'이 될 것 같아요!

P양이 걱정하는 것은 불의를 보면 참지 못하는 혈기왕성한 어머니의 안위. 녹화장에서 즉흥적으로 벌어진 상황극에서 P양의 어머니는 담배 피우는 학생으로 가장한 MC의 뒤통수를 때리거나 손가락으로 머리를 치며 간단하게 제압하는 위엄을 보이기도 했다.

P양이 가장 창피스럽게 생각하는 일에 대한 이야기가 먼저 나왔다. 어머니는 말썽을 부리는 학생들의 정보를 어떻게 입수한 걸까. 알고보니 그녀는 학교와 교육청의 운영위원으로 학교 소식을 낱낱이 듣고 있었고, 학교 체벌이 금지되면서 이를 악용해 수업 분위기를 흐리는 아이들의 버릇을 고쳐줘야 한다는 생각을 가지고 있었다. 그런 어머니의 적극적인 모습에 오히려 학교에서 훈육을 부탁할 정도라고.

"요새 5학년 남자애들 키가 160센티미터가 다 넘어요. 덩치가 커서 대들면 살짝 겁도 나죠. 요즈음 체벌도 금지돼서 혼내지도 못하는데, 그래서 제가 선생님 대신 쥐어박고 그러는 거죠. 남자애들이 여자애들을 때리는 경우가 있잖아요. 그런 거는 확실히 혼내지 않으면 커서도 문제가 될 수 있어요. 그래서 엄하게 꾸짖죠."

P양의 어머니가 오는 날에는 수업 분위기가 달라진다는 학교.

문을 열고 들어가면 초등학생들이 90도로 인사를 한다고 한다. P양의 친구들이 어머니 때문에 딸에게 안 좋은 감정을 갖게 되면 어떻게 하느냐는 질문에 '그런 적은 이제까지 없었고 앞으로도 절대 그럴 일 없다'며 일축하는 그녀였다.

어려운 사람을 돕거나 불의에 대항하다가 오히려 나쁜 사람으로 몰리거나 손해를 봤다는 신문기사를 보면 우리의 마음은 불편해진다. 그냥 지나가면 별일 없는데 괜히 나섰다가 골치 아픈 일에 엮이기라도 하면 어쩌나, 길을 가다 도움이 필요한 사람을 만나도 선의가 오해받지 않을지부터 계산해야 하는 우리의 심정은 복잡하다. P양 어머니처럼 직설적으로 정의를 부르짖는 사람은, 그래서 점점 드물어지는지도 모른다. 그녀의 훈계 대상은 공중도덕에 어긋나는 행동을 하는 사람들이라면 누구도 예외가 아니었다. 그들이 P양 어머니의 레이더에 들어온 날에는 반드시 그들의 잘못을 알려줬다고.

"가끔 노래방에 놀러가면 아저씨들끼리 와서 도우미 부르고 그러잖아요. 저는 그거 사진 찍어서 다 신고해요. 쓰레기도 쓰레기봉투에 안 넣고 아무렇게나 버려놓는 집이 있어요. 보면 딱 알거든요. 어느 집인지 알아내서 그 집 앞에 갖다놓습니다. 지켜보는 사람 있다, 알려주는 거죠. 쓰레기 뒤져보면 편지봉투나 고지서에 주소 다 나옵니다. 저는 못 속여요. 한번 그렇게 하면 그 집은 다음부터 쓰레기봉투에 제대로 넣어서 버리더라고요. 그런 거 보면 속이 시원합니다."

과거 운동선수 출신이라는 P양 어머니. 범죄가 일어나면 다른 집 주부들은 나가지 말라는 소리를 듣는데 그녀의 남편은 '나가서 범인 좀 잡아오라'면서 전혀 근심하지 않는다고. P양 어머니의 불의를 향한 거침없는 행보는 찬사와 함께 걱정스러운 시선을 받기도 했다. 정말 무서운 사람을 만나면 위험에 빠질 수도 있다는 것. P양이 걱정하는 것도 그런 부분이었다. 불의를 쉽게 넘기지 못하는 어머니의 모습은 멋졌지만, 늘 건강하고 안전하게 자신의 곁에 있어주길 바라는 어머니가 위험을 자초하는 모습을 보면서 딸이 느꼈을 불안감을 조금은 생각할 필요가 있는 건 아닐까. 그러나 방송 후에도 P양 어머니의 성격은 달라지지 않았다. 여전히 정의감에 불타 잘못된 일들을 바로잡고 있어, 딸의 고민 역시 아직까진 진행중이라고.

불의에 대한 침묵은
불의에 대한 동조에 가깝다.

– 이외수

정의를 아끼면
불법이 자란다.

– 윌리엄 셰익스피어

다양성을 껴안을 줄 아는 포용이 필요한 때

"저 한국 사람입니다!"

어딜 가도 시선 집중, 관심의 대상이 되는 스물세 살 청년입니다. 제가 그렇게 잘생겼냐고요? 저도 잘생겨서 그랬으면 참 좋겠네요. 저를 보면 사람들은 묻지도 따지지도 않고 그냥 바로 이렇게 말해요.

"Hello? Where are you from?"

바로 이게 제가 관심받는 이유입니다. 사람들은 저를 외국인으로 봐요. 외모가 비슷비슷한 단일민족 사회에서 태어난 게 이렇게 서러울 줄 몰랐습니다. 매일같이 피곤한 일이 생겨요. 택시만 타도 그렇습니다.

택시 기사 : 어디로 모실까요? 엥? 외국인이네? 헬로우?

나 : 서울역이요!

택시 기사 : 오, 한국말 잘하네?

나 : 저 한국 사람이에요.

택시 기사 : 그럼, 엄마 쪽? 아빠 쪽?

나 : 부모님이 모두 한국 사람이에요.

택시 기사 : 그래? 그럼 할머니 쪽? 할아버지 쪽인가?

나 : 할머니! 할아버지! 그 할아버지의 할아버지까지! 다 한국 사람이라고요! 아시겠어요?

택시 기사 : 에이~ 그래도 자네가 모르는 뭔가가 있을 거야.

외국인으로 착각하는 것쯤이야 참을 수 있습니다. 그럴 수 있어요. 하지만 이해가 안 되는 반응은 이런 것들입니다.

행인 1 : 뭐야! 쟤 동남아인인 거 같은데?

행인 2 : 에이, 지저분한 놈들! 저런 놈들이 왜 돌아다니는 거야?

행인 1 : 야야. 딴 데로 가자. 재수 없다.

전 한국 사람들이 이렇게 동남아인을 무시하는 줄 몰랐습니다. 아니, 우리보다 좀 가난하다고 이렇게 무례하게 굴어도 되는 겁니까? 제가 이렇게 생기다보니 그 사람들 설움을 알겠더라고요. 물론 이런 분들만 있는 건 아니고, 간혹 좋은 분도 있긴 합니다. 식당에 가면 한국 와서 고생한다며 밥 한 공기 더 주는 아주머니, 아르바이트할 때 불쌍해 보인다며 3만원이나 팁을 주던 손님도 있었어요.

제 인생은 구만리나 남았는데 얼굴 때문에 취직하기가 힘이 듭니다. 면접 때마다 '서비스업에 어울리지 않는 얼굴'이라는 식으로 면박받는 것도 이제는 지쳤습니다. 지치다 못해 화가 나려고 하네요. 서양 사람처럼 생겨야 멋있는 얼굴이고 동남아인 닮은 저 같은 사람은 안 된다는 겁니까? 저같이 생기면 막 무시하고 깔봐도 되는 겁니까? 누가 대답 좀 해주세요!

B씨의 고민은 우리 사회가 갖고 있는 편견을 아프게 꼬집는 이야기였다. 필리핀, 베트남, 파키스탄, 멕시코 같은 국적으로 오해받은 적이 많다는 B씨. 그때마다 사람들이 자신을 경멸하거나 '너희 나라로 돌아가라'는 식의 이유 없는 적대감을 보인 적이 많아 당황스러웠다고 말했다. 남다른 외모 때문에 어려서 놀이터에 나가면 아이들이 도망치고, 전학 갔을 땐 한동안 친구를 사귀기 힘들었다고. 나이가 들면 괜찮겠거니 했지만, 성인이 돼서도 달라지지 않는 주변 시선은 B씨를 난감하게 만들고 있었다. 군대에 갔을 때도 유독 튀는 이국적인 외모 때문에 많은 일들이 있었다고.

녹화장에 나타난 B씨의 가족은 지극히 평범한 외모였고, 가족

중 유독 외모가 별난 B씨에게 안타까운 마음을 가지고 있었다. 어려서부터 친구들에게 놀림을 받거나, 가전제품을 고치러온 분이 '사와디캅'이라며 말을 건네는 일 등을 겪으며 B씨가 힘들어했던 적이 많았다고. 특히 전학을 갔을 때는 외국인이 전학을 왔다며 전교생이 몰려들어 구경거리가 됐을 정도였다는 말에서 그가 감당해온 상처가 전해져왔다. B씨의 친구가 전해준 이야기는 보다 심각한 수준이었다.

"아이스링크에 스케이트를 같이 타러간 적이 있어요. 제가 뒤에서 살짝 밀었는데 이 친구가 넘어져버린 거예요. 다른 커플하고 엉켜서 같이 넘어졌거든요. 죄송하다고 말하고 끝내면 되는 일인데 넘어진 여자가 짜증을 내면서 외국인이라 재수 없다는 식의 말을 하더라고요. 솔직히 백인 같은 외모였으면 그랬을까 싶어요."

피부색이나 생김새만으로 누군가를 무시하는 행위는 두말할 나위 없이 잘못이다. 이유 모를 조소와 비아냥에 시달렸던 B씨는 자신이 받은 상처도 상처지만, 우리 사회의 옹졸한 편견에 대한 염려가 더 컸다. 자신은 그래도 결국 한국 사람이니까 오해를 풀면 되는 일이지만, 정말 동남아 사람이라면 그가 받을 상처나 한국이라는 나라에 대해 가질 이미지를 걱정하는 B씨였다. 지나가면서 이유 없이 욕하고 자신을 피하던 사람들을 떠올리며, 우리 역시 어딘가에선 차별을 받을 수 있다는 생각을 하고 더이상 동남아인들을 무시하지 않았으면 좋겠다는 바람을 전했다.

활발한 성격임에도 불구하고 밖에서는 말을 잘 하지 않게 된다는 그는, 이성과의 접촉도 꺼리게 되면서 소개팅이나 미팅 한번 못 해봤다고 했다. 외모 때문에 좋았던 기억을 굳이 떠올린다면 나이트클럽에서 신분증 검사를 할 때 외국인이라며 통과시켜줬던 일, 식당에 가면 주인이 반찬을 많이 준 것 정도라며 씁쓸하게 웃었다.

외모로 인해 험난했던 삶에도 불구하고 긍정적인 사고를 가지려고 애쓰는 B씨에게 출연진은 '당신은 특이한 게 아니라 특별한 것'이라며 용기를 북돋워줬다. 방송을 통해 B씨의 특별함을 사람들이 받아들인 것일까. 이후로 외국인이라는 오해를 받은 적이 거의 없고, 은근한 응원까지 받고 있다고 한다. 식당에서 밥을 먹는데 모르는 사람이 계산을 해주고 갔다며 밝게 웃는 B씨였다.

나에게는 꿈이 있습니다.
나는 언젠가 나의 자녀들이
그들의 피부색이 아니라 인격에 따라
판단받는 나라에서 살게 될 것이라는
꿈을 지니고 있습니다.
이 믿음을 지닐 때 우리는 절망의 산에서
희망의 돌멩이를 캐낼 수 있습니다.

– 마틴 루터 킹(Martin Luther King)

말은 많아지는데, 진짜 대화는 사라져가는 이유

"딸보다 스마트폰이 좋은 우리 엄마,
저 좀 챙겨주세요"

스마트폰에 중독된 우리 엄마를 소개해드리려고 해요. 먼저 아주 일
상적인 우리 집 풍경부터 말씀드릴게요.

나 : 엄마, 나 대학교를 어디로 갔으면 좋겠는데? 응?

엄마 : ……

나 : 내가 지금 말하고 있잖아. 휴대전화 좀 그만 볼 수 없어?

엄마 : 잠깐만! 나 문자 좀 보내고.

나 : 아 좀! 대학 어떻게 할 거냐고! 전화기 뺏어버린다!

요즘 어느 집이나 TV나 컴퓨터 때문에 부모와 자식 간에 대화가 잘 안된다고 하잖아요? 우리 집은 무엇보다 휴대전화 때문에 대화가 안됩니다. 그냥 휴대전화가 아니라 최신식 스마트폰이요. 보통은 자식들이 이래서 부모님들이 속을 끓이시잖아요. 우리 집은 반대예요. 엄마가 스마트폰에 완전히 빠져버렸어요. 저는 지금 부모님의 도움이 너무나 필요한 고3입니다. 그런데 제가 진학 상담을 해도 엄마는 스마트폰에 정신이 팔려 제대로 듣지도 않아요.

나 : 엄마, 나 성적표 나왔어. 이거 봐봐.

엄마 : 어. 이따가 볼게.

나 : 그것 좀 그만하고! 잠깐 얘기 좀 하면 안 돼?

엄마 : 어, 그래. 이따 얘기해.

그러다가 그냥 흐지부지 넘어가버려요. 이제는 바로 옆에 있는데도 스마트폰으로 말을 거신답니다.

메시지 : 띠링~ 일곱시다. 일어나라.

메시지 : 띠링~ 밥 먹어.

메시지 : 띠링~ TV 소리 좀 줄여.

스마트폰에서 한시도 눈을 못 떼는 엄마는 가스레인지 불 위에 주전자를 올려놓았다가 태워버린 적도 있고요, 메시지를 보내면서 길을 걷다가 사람들하고 부딪힌 일도 한두 번이 아니랍니다. 차에서도 정신을 놓고 스마트폰을 만지다가 큰 사고가 날 뻔한 적도 있으니까요. 지금 제 앞가림하기도 바쁜데 엄마가 스마트폰 만지다가 무슨 사고라도 나지 않을까 걱정이 이만저만이 아니에요.

100일 기도나 건강식은 바라지도 않고요. 진로 때문에 머리가 터질 것 같고 스트레스도 많이 받으니까 다른 엄마들처럼 관심을 조금만 가져달라는 건데, 엄마가 가장 걱정하는 건 오로지 스마트폰 배터리가 한 칸일지 두 칸일지 그것뿐이랍니다. 우리 엄마 전화기 좀 누가 빼앗어주세요!

고3 수험생 Y양은 여느 수험생들처럼 대학 입시 때문에 걱정이 이만저만이 아닌 듯 보였다. 그러나 옆에서 누구보다 Y양을 챙겨줘야 할 어머니가, 6개월 전부터 갑자기 스마트폰에 빠지더니 이제는 눈 한번 마주치기가 힘들어졌다고 했다. 스마트폰에 빠지기 전만 해도 대화도 많이 하고 누구 못지않게 자신을 챙겨주던 어머니였기에 서운한 마음도 커 보였다. 함께 출연한 어머니는 스마트폰을 만지다 보면 딸을 챙겨줘야 하는 것을 자꾸 잊어버린다며 미안해했지만, 그렇다고 해서 스마트폰을 놓고 살 수는 없다고 말했다. 도대체 무엇이 Y양의 어머니를 그토록 중독시킨 걸까.

"우선 스마트폰이 없으면 불안해요. 누가 나한테 말을 걸었을 수 있는데 그러면 빨리 답장을 해줘야 하잖아요. 재미있는 영상이나 음악을 공유해주면 저도 빨리 다른 사람한테 그걸 전해주고 싶고요. 그런 걸 하다보면 시간 가는 걸 몰라요. 밥 먹고 자는 시간이 부족할 정도니까요."

메신저를 이용한 대화에 워낙 익숙해지다보니 말로 하는 대화보다 스마트폰을 이용한 대화가 편하다는 Y양의 어머니. 그래서인지 집에서 나누는 간단한 대화조차 스마트폰을 이용하는 적이 많다고 한다. 그러면 차라리 Y양이 어머니와 스마트폰을 이용해 대화를 하면 되지 않을까 싶었지만, Y양은 스마트폰으로 하는 대화와 얼굴을 마주보며 하는 대화는 다르다며 오히려 어머니보다 어른스러운(?) 모습을 보이기도.

그러던 와중에 Y양의 남동생이 꺼낸 이야기는 문제가 어머니에게만 있는 게 아님을 암시했다. 지금은 어머니가 스마트폰에 빠져 Y양이 힘들어하고 있지만, 처음 스마트폰을 샀을 때는 반대로 그녀가 스마트폰에 빠져 있고 어머니가 딸과 대화가 이루어지지 않아 힘들어했었다는 것이다. 다만 그 정도를 따져본다면 지금 어머니의 중독 상태가 Y양보다는 심하다고. 지금은 자신을 포함해 Y양과 어머니가 모두 스마트폰에 빠져 있기 때문에, 가족이 모여 있어도 모두 침묵 속에서 스마트폰만 만지고 있다고 했다.

소통이 더 빠르고 편리해졌으나 가까운 사람과의 진솔한 대화는 오히려 줄어든 시대. 그런 시대가 주는 소통의 단절을 Y양 가족도 겪고 있는 듯 보였다. Y양 어머니가 스마트폰에 빠지게 된 계기도 특별한 대화 상대가 없는 외로움 때문이었다. 직업이 군인이라 지방에 있어 주말에만 만날 수 있는 남편과 학교에서 늦게 오는 아이들 사이에서 혼자 있는 시간이 많았고, 그러면서 세상과 대화할 수 있는 유일한 수단인 스마트폰에 조금씩 빠져갔던 것이다. 외로운 만큼 스마트폰에 의존하면서 세상에 나만 혼자 남겨진 것이 아니라는 위로를 얻었고, 그 안온함만큼 그녀는 스마트폰에 깊이 중독돼버린 게 아닐까.

그렇다 해도 Y양 어머니의 중독은 조금은 심각해 보이기도 했다. 딸이 고민 상담을 해올 때가 하필 채팅을 하고 있을 때라고 하소연하지만, Y양에 따르면 어머니는 거의 항상 스마트폰으로 채팅을 하고 있다. 딸의 학교 입시설명회에 갔을 때는 스마트폰 배터리를 충전하기 위해 한참 발표가 진행중인 단상 옆까지 나가 콘센트를 찾았다는 그녀. 그 에피소드까지 들은 MC들은 즉석에서 Y양 어머니가 스마트폰을 얼마나 능숙하게 다루는지 테스트를 해봤다. 그녀는 젊은 게스트들까지도 깜짝 놀랄 속도로 빠르게 메시지를 보내는 모습을 보여주면서 그 자리에 있던 모든 사람을 놀라게 했다.

Y양은 이제부터 대화할 때 서로 스마트폰을 보지 말자는 제안을 했고, 어머니도 Y양의 진심 어린 걱정과 요청을 이해하겠다며 환한 웃음을 지어 보였다. Y양의 가족은 대화를 되찾을 수 있을까. 다

행히 Y양이 전해온 소식에 따르면 어머니가 스마트폰을 만지는 시간은 하루 세 시간 정도로 줄었고 꼭 필요할 때만 보는 편이라고 한다. 그러면서 Y양은 그만큼 늘어난 대화 덕분에 예전보다 가족 간의 사이가 더 돈독해졌다는 이야기를 들려줬다.

소통은, 눈을 마주치는 데서 시작된다

아이돌 스타들도 스마트폰 중독에는 예외가 아니었다. 하나같이 스마트폰이 없으면 불안해하는 증세를 가지고 있었는데 메일 주고받는 것부터 음악 듣고 게임하고 사진 찍고 채팅하는 것까지 모두 스마트폰으로 해결하다보니, 스마트폰이 없으면 눈을 감고 사는 기분이라는 이야기까지 나왔다. 보고 싶었던 부모님을 만나서도 자기도 모르게 스마트폰을 자꾸 만지게 되면서 부모님에게 섭섭하다는 소리까지 들었다는 조권씨의 이야기는 스마트폰에 중독된 우리의 모습과 다름없었다. 최신 스마트폰과 어플리케이션으로 무장하기 이전에 정말 필요한 소통이 무엇인지 한번쯤은 생각해봐야 할 시기인지도 모른다.

우리의 삶은, 중요한 문제에 대해
침묵할 때 저물기 시작한다.

– 마틴 루터 킹

말을 할 때에는 언제나 상대방의 눈을
보아야 한다.
눈에는 모든 진실이 나타나기 때문이다.

– 필립 체스터필드(Philip Chesterfield)

Part 6

더이상의 고민은 없다,
'고민종결자들'의
황당무계 고민

"결벽증 아내 때문에 힘들어요"

아내 때문에 미칠 것 같은 결혼 25년차 남편입니다. 대놓고 이야기
하겠습니다. 저는 정말 이상한 여자랑 결혼했어요. 제 아내는 더러
운 걸 절대 못 참는 여자입니다. 그 더러운 것이라는 게 남들이 그냥
생각하는 더러움이 아닙니다. 제 나이가 쉰두 살입니다. 그런데 아
내와 산책을 하거나 운동을 할 때는 저를 일곱 살 아이 취급을 해요.

> 아내 : 여보! 철봉 만지지 마! 세균 덩어리야!
>
> 나 : 이 사람아. 철봉을 안 잡고 어떻게 운동을 해? 유난 좀 떨지 마.
>
> 아내 : 어허, 얼른 손 닦아! 빨리 씻어요!

아니, 철봉 한번 잡았다고 손이 썩기라도 하나요? 이뿐만이 아닙니다. 같이 걷다가 모자가 바람에 날아가면 여러분은 어떻게 하시나요? 당연히 땅에 떨어진 모자를 줍죠. 그러면 그걸 보고 아내가 뭐라고 하는지 아세요?

아내 : 줍지 마! 더러워! 그 세균 덩어리를 머리에 뒤집어쓴다고? 버려, 버리라고!
나 : 아니, 그렇다고 모자를 버려? 그게 말이 돼?

모자가 아까워 주워오면, 아내는 모자를 삶아버려서 모양이며 색이 엉망진창이 돼요. 게다가 우리 가족은 다리가 아파도 벤치에 쉽게 앉을 수도 없답니다.

아내 : 앉지 마! 더러워! 엉덩이에 세균 달라붙어!
아들 : 다리 아파요. 엄마. 잠깐만, 잠깐만 앉을게.

다리가 너무 아플 때나 돼야 신문지나 달력종이를 깔고 앉을 수 있어요. 우리 가족은 또 밖에 들고 나갔던 가방은 절대 집 안 방바닥에 내려놓을 수 없답니다. 어쩌다 방바닥에 내려놓으면 아내는 얼른 가방을 들고, 가방 밑과 마룻바닥을 세제로 빡빡 문지르고 있어요. 어느 정도인지 이제 짐작이 가시죠? 이러다보니 우리 집은 그

흔한 배달음식조차 마음 놓고 시킬 수가 없네요.

지금은 애들이 다 커서 다행이지만 어릴 땐 놀다가 흙도 묻히면서 크는 거 아니겠어요? 그때마다 아내는 더러운 흙을 손으로 직접 만지기도 싫다며, 빨간 고무장갑을 끼고 애를 물건 빨듯이 씻겼답니다. 지금도 달라진 게 없어요. 제 직업이 건축업이라 옷에 먼지나 흙이 묻기 일쑤인데, 아무리 피곤해도 일단 현관에서 옷을 다 벗고 까치발로 곧장 욕실로 간 다음, 온몸을 깨끗이 씻어야 합니다. 그래야 아내가 비로소 절 인간 취급을 해준답니다. 25년의 결혼생활, 저 이렇게 살았습니다. 한편으로는 대단하다 싶지만 내가 미쳤나 하는 생각도 합니다. 앞으로도 저 계속 이렇게 살아야 하는 걸까요?

손자 볼 나이가 돼서도 '손 씻어라, 발 닦아라' 하는 소리를 듣고 사는 사람이 H씨다. 그는 내내 자신을 '세균 덩어리' 취급을 해온 아내와의 결혼생활에 조금은 지친 모습이었다. 집에서 중국음식이라도 마음껏 시켜먹었으면 하지만 배달원이 철가방을 내려놓는 순간부터 난리가 난다고. 그는 배달원이 가고 나서 바로 걸레질을 하며 유난을 떠는 아내 때문에 요즘은 미리 현관 앞에 신문지를 깔아놓고 배달원을 맞이한다고 말했다.

H씨의 아내는 녹화장에서조차 집에서 미리 준비해온 신문지와 달력을 자리에 깔아놓고 앉아 있는 모습이었다. 결벽증 때문에 다른

사람과 악수를 하는 것조차 고역이라는 그녀. 짓궂게 악수를 청하는 MC들과 손을 맞잡으면서도 불안한 기색이 역력했다. 자신도 자기가 왜 이러는지 모르겠다며 결혼 후에 더 심해졌다고 고백했다. 녹화장에는 H씨 부부의 딸도 함께 출연했는데 어머니로 인해 난처했던 적이 적지 않아 보였다.

"유독 땅에 뭐가 닿는 것에 민감하세요. 그러다보니 가방이나 캐리어가 문제가 되죠. 친구나 친척이 집에 놀러와서 들고 있는 가방을 바닥에 내려놓으면 그때부터 난리가 나요. 저도 엄마가 하도 그러니까 밖에서는 아무리 힘들어도 가방을 계속 들고 있어요. 무서운 게, 그렇게 계속 사니까 저도 엄마를 닮아가는 것 같아요. 바닥에 주저앉아서 떼쓰는 애들 보면 우는 건 눈에 안 들어오고 더럽혀질 바지만 보여요. 가방에 위생용품이나 물수건 같은 걸 잔뜩 넣고 다니고요."

가끔 신발을 벗다가 실수로 현관 바닥을 디디면, 그 양말을 벗긴 후 빨지 않고 버린다는 H씨의 아내. 볼펜이 떨어져도 휴지로 반드시 닦고 사용하고, 대중목욕탕에 가서 목욕탕을 다 청소해야 겨우 목욕을 하며, 냉동실에 넣어둔 케이크를 더러운 얼음 위에 놓았다고 몽땅 버리거나, 버스에서도 주변에 앉아 있는 사람의 위생상태를 고려해 위치를 선정하는 등 그녀와 관계된 일화들이 끊임없이 쏟아져 나왔다.

그러면서 H씨의 딸은 자신보다 H씨가 고역일 것 같다며 아버지를 걱정했다. 일을 하다보면 술을 마시거나 고기를 먹을 일이 많은데 어머니가 고기냄새나 술냄새를 지저분하게 여겨 그럴 때는 반드시 각방을 쓴다는 것. H씨의 아내는 세균과 관련된 결벽증 외에도 고기를 먹는 것에 대한 강한 거부감을 가지고 있었다. 소나 돼지 등이 불쌍해 고기 먹는 것이 싫을뿐더러 고기 먹은 사람이 옆에 오는 것조차 싫다는 H씨 아내의 말에 방청객들은 H씨에게 동정의 시선을 보냈다.

H씨가 더욱 이해 못 하는 것은 아내가 그렇게 행동한다고 해서 스스로가 건강하거나 집이 깨끗한 것도 아니라는 점이었다. 모든 병원균을 피한다고 자부해왔지만 맹장수술을 한 적도 있고, 정리정돈이 엉망이라서 한 가지 물건을 같은 자리에 놓아두는 법이 없어 물건 찾기도 힘들고 정신이 없을 때가 많다고. 그는 이제는 나이가 많아 이런저런 신경쓰는 것도 무척 힘이 들고 집에서라도 편하게 쉬고 싶으니 아내가 그만 깔끔을 떨었으면 좋겠다고 강하게 이야기했다.

결벽증은 일종의 완벽주의다.
모든 종류의 완벽주의가 그렇듯이 결벽증
역시 너무 팍팍하고 비정하다.

– 존 포테스큐(John Fortescue)

내가 하면 로맨스, 남이 하면 불륜?

"아내가 우리 집 화장실을 독점했습니다"

저는 속초에 살고 있는 서른아홉 살 가장입니다. 저는 아주 심각한 고민이 있습니다. 저는 집에서 볼일을 안 봐요. 아니, 사실 못 봅니다. 병원에 가봐야 하는 것 아니냐고요? 그게 아닙니다. 제 아내가 집에선 볼일을 보지 말래요! 인간이 밥을 먹었으면 싸는 게 자연의 섭리 아닌가요? 그런데 제 아내는 밥은 주면서 싸지는 못하게 합니다. 제가 참다참다 배를 움켜잡고 화장실에 뛰어들어가면 어김없이 불호령이 떨어져요.

아내 : 당신! 화장실에서 똥 싸고 있지! 당장 끊고 나와! 나가서 싸란 말이야!

그럼 저는 주섬주섬 옷을 입고 제 차를 몰아 속초의 자랑 '엑스포'로 갑니다. 제가 달릴 수 있는 최대한의 속도로 갑니다. 운이 좋아 신호등에 걸리지 않으면 3분 안에 도착할 수 있거든요. 그곳에 저의 고통을 해결해줄 수 있는 유일한 공간이 있어요. 저는 이렇게 10년을 '속초 엑스포 개방 화장실'을 이용하고 있습니다. 이 기회를 빌려서, 속초 엑스포 관계자에게 깊은 감사를 드립니다.

그리고 이 자리를 빌려 제 아내를 고발하고 싶습니다. 저야 까다로운 여자를 선택한 죄로 이렇게 산다고 하지만, 열다섯 살 한창 사춘기인 제 딸은 무슨 죄란 말입니까? 불쌍한 그 아이도 학교, 학원, 기타 등등의 공중화장실에서 볼일을 해결하고 있어요.

그럼 신성한 우리 집 화장실은 아예 폐쇄된 걸까요? 아닙니다. 오로지 제 아내와 아홉 살 막내아들, 둘이 사용합니다. 아내는 자기의 똥은 자기 거니까 냄새가 나도 괜찮고 막내아이는 아직 아기라서 괜찮다는 겁니다. 이게 무슨 말도 안 되는 소리입니까? 그렇다고 제가 아내와 이 문제를 가지고 큰 소리로 싸울 수도 없어요. 생각을 해보십시오.

나 : 내가 내 집에서 내 똥 싼다는데 무슨 참견이야!

아내 : 어떻게 그게 자기만의 문제야? 그 똥냄새 자기만 맡아?

나 : 네 똥은 깨끗하고 내 똥은 더럽냐?

이렇게 다 큰 성인들이 애들 앞에서 똥 이야기로 싸운다면 얼마나 치욕스럽습니까? 답이 나오지 않습니다. 그래서 저는 그냥 속초 엑스포로 갑니다. 한밤중이라도 갑자기 신호가 오면 차를 타고 떠나야만 하는 제 신세. 제 인생의 목표는 화장실이 두 개 딸린 집으로 이사 가는 겁니다. 열심히 돈 모으고 있어요. 그러나 그때까지 하루하루가 너무 괴롭습니다. 제발 제 집 화장실 사용할 권리를 주세요!

결혼이란 배우자의 좋은 점과 나쁜 점을 함께 끌어안고 살아가야 하는 것이고, 이날 게스트 중 한 사람의 입에서 나온 말대로 사랑하면 상대방의 똥도 사랑스럽게 보이는 법. 부부 관계에서는 상대방의 먹고 싸는 문제도 남의 문제처럼 생각할 일이 아니다. 그런 의미에서 L씨 부부의 일상은 예사롭게 느껴지지가 않았다.

너무나 고민이 절박해 사연이 공개되면 망신당할 걸 각오했고, 역시 창피하다며 방송에 나오는 걸 피하는 딸마저 열심히 설득해 녹화장에 섰다는 L씨. 처음에는 경비실 화장실을 이용하다가 매번 키를 달라고 하는 게 너무 눈치가 보여, 결국 차를 몰고 공중화장실까지 가는 처지가 됐다고 했다.

"한번은 갑자기 설사가 나서 급하게 경비실에 갔는데 아저씨가 안 계시는 겁니다. 할 수 없이 아내한테 오늘만 집에서 볼일 보면 안 되겠느냐고 했더니 소리를 지르면서 결사반대를 하더군요. 진짜 미치는 줄 알았습니다. 차를 몰고 엑스포로 달려가는데 그날따라 신호에 계속 걸리더군요. 가면서 반드시 화장실 두 개 있는 집으로 이사 가겠다고 백번 다짐했어요. 젖 먹던 힘까지 다해서 화장실로 달려가 겨우 해결했습니다."

진짜 급할 때 애원까지 한다는 L씨였지만 그의 아내는 늘 단호했다고 한다. 공중화장실을 이용하면서 자기 집에서 볼일도 마음대로 못 보는 서러움과 아내에게 무시당한다는 생각 때문에 기분이 항상 좋지 않다는 그. 밤에 아내 몰래 화장실을 써본 적도 있지만 귀신같이 알고 일어나 자신을 질책하는 바람에, 한밤중에도 옷을 챙겨입고 엑스포 화장실까지 간 적도 여러 번이라고 했다. 녹화하는 오늘조차도 볼일은 방송국 화장실을 이용했다며 L씨는 한숨을 쉬었다. 아내가 남편과 딸이 화장실을 사용하지 못하게 하는 근본적인 원인은 그녀의 예민한 후각이었다.

"제가 어렸을 때 비위가 많이 약했어요. 남의 배설물 같은 걸 보면 밥을 잘 못 먹을 지경이었으니까요. 어릴 때 살던 집은 푸세식 화장실만 있었는데 제가 하도 힘들어하니까 아버지가 제 개인 화장실을 지어주셨죠. 그때부터 좀 예민해졌어요. 지금도 남이 볼일 본 화장실에 들어가면 그 냄새 때문에 못 견디겠어요."

그녀는 자신은 사용 후 락스로 처리하고 나오지만 남편은 탈취제를 쓰고 락스 청소를 해도 잔내가 남아 있어서 안 된다고 말했다. L씨는 아내의 말에 코웃음을 쳤다.

"아내는 자기가 볼일 볼 때 문을 열어놓고 봅니다. 그러니까 정말 자기는 깨끗하고 냄새도 안 난다고 생각하는데 제가 맡아본 바로는 전혀 그렇지 않거든요."

그러나 끝끝내 자신이 심하다는 건 인정해도 후각이 예민하기 때문에 남편이 화장실에서 대변을 보는 걸 허락할 수 없다는 L씨의 아내. 무조건 가족보다 자신을 먼저 이해해달라는 그녀의 고집에 방청객들의 야유가 쏟아진 것은 필연적인 수순이었다.

사실 L씨가 10년 동안 한 번도 집 화장실을 이용하지 않은 것은 아니다. 맞벌이 부부라서 아내가 집을 비우는 때도 많기 때문. 그러나 L씨가 근본적으로 섭섭해하는 건 화장실을 쓰고 못 쓰고의 문제 이전에, 한집에 사는 구성원으로서 서로를 이해해주고 아껴주지 못하는 아내의 마음 때문으로 보였다. 그렇다면 L씨 부부는 화장실 문제를 대화로 풀어갈 생각은 없는 걸까. L씨는 아내의 성격이 워낙 불같은 데다가 자신이 싸움을 걸면 아무 죄 없는 딸이 지금보다 더 화장실을 못 쓰게 될까봐, 화가 나는데도 늘 참을 수밖에 없었다고 말했다.

속 편하게 집에서 볼일 좀 보게 해달라는 L씨의 외침 후 아내의 고집은 예전보다는 덜해졌다고 한다. 하지만 딸이 화장실을 쓰게 해주는 정도일 뿐, L씨는 오늘도 부지런히 엑스포 화장실을 향해 달려가는 중이라고 한다.

집, 가장 편안해야 할 공간

급한 용변으로 낭패를 겪은 건 연예인들이라고 예외가 아니었다. 시
크릿의 한선화씨나 하하씨, 스컬씨 모두가 달리는 고속도로나 무대
위에서, 어렸을 때 수련회 다녀오는 길 등에 갑자기 찾아온 설사 때
문에 고생했던 기억을 가지고 있었다. 그런 맥락에서 L씨 아내가 가
장 편안해야 할 집에서 용변을 편하게 보지 못하게 하는 것을 이해
못 한다는 게스트들이었다. 가장 편안해야 할 집에서 가장 큰 불편
함을 겪는다면 참기 힘든 고통이지 않을까.

결혼하고 싶다면 이렇게 자문해보라.
'나는 이사람과 늙어서도 대화를 즐길 수
있는가?'
결혼생활의 다른 모든 것은 순간적이지만,
함께 있는 시간의 대부분은 대화를 하게
된다.

– 프리드리히 니체(Friedrich Nietzsche)

결혼이란 사랑이 가져올 아픔을 감수하고,
사랑을 지키고,
그것 없이는 삶이 불가능하다는 것을
인정하는 것이다.

– 캐롤린 헤일브룬(Carolyn Heilbrun)

균형잡기의 어려움

"극과 극을 달리는 남편이 항상 불안합니다"

저는 남편 때문에 늘 조마조마한 아내입니다. 우리 남편은 낮이고 밤이고 정말 화끈한 남자예요. 좋게 말하면 화끈하고 나쁘게 말하면 중간을 모르는 극단적인 사람이죠. 예를 들어 TV를 같이 볼 때 어쩌는지 아세요?

> 나 : 오빠, TV 소리가 너무 큰 것 같은데 조금만 줄이지?
>
> 남편 : 그래? 알았어!
>
> 나 : 뭐야? 소리를 왜 꺼?
>
> 남편 : 시끄럽다며!

그러고서는 아예 음소거를 하고 영상만 보더군요. 가끔 남편이 라면을 끓여줄 때가 있어요.

나 : 오빠, 라면이 좀 짠 거 같지 않아?

남편 : 그래? 알았어!

나 : 뭐하는 거야! 거기다 물 한 통을 다 부으면 어떡해!!

남편 : 짜다며!

그러더니 자기 것만 다시 끓여먹더군요. 아이 분유를 타줄 때도 마찬가집니다.

나 : 오빠! 분유가 너무 차가운 거 같은데. 조금만 더 따뜻하게 데워줘.

남편 : 그래? 알았어!

나 : 앗! 뜨거! 이걸 애한테 어떻게 먹여!

남편 : 차갑다며!

결국 분유를 다시 타야 하죠. 시트콤에서 벌어지는 일 같은 사건이 매일 집에서 벌어집니다. 집에서만 그런다면 사랑하는 남편이니까 어찌어찌 이해할 수 있죠. 그런데 이게 끝이 아닙니다. 하루는 고속도로를 달리던 중이었어요.

나 : 오빠! 너무 빨리 달리는 거 아니야? 무서우니까 속도 좀 줄여.

남편 : 그래? 알았어!

나 : 뭐하는 거야? 고속도로에서 20킬로미터로 가면 어떻게 해? 이러다 사고나겠어!

남편 : 천천히 가라며!

그렇게 우리는 시속 20킬로미터로 천안에서 안산까지 한 시간이면 갈 거리를 세 시간이나 걸려 갔답니다. 빠르게 달리는 것만 무서운 줄 알았는데, 20킬로미터로 달리는 게 그렇게 무서울 줄은 몰랐네요. 그때 정말 죽을 뻔했습니다. 무슨 말만 하면 이렇게 극단적인 우리 남편, 어디 무서워서 말을 하고 살겠어요? 도대체 이 남자, 어떡하면 좋죠?

사연에서 소개된 몇 가지 일화만 봐도 J씨 남편의 성격은 쉽게 파악할 수 있었다. 사전에 '합의'라는 단어는 없어 보이는 사람. 나와 네가 조금씩 양보해서 새로운 결론을 만들어내는 과정을 못마땅해하는 사람이 J씨 남편이었다. J씨는 남편이 항상 그런 식으로 행동하는 건 아니고 그렇게 극단적인 반응을 보이는 경우가 따로 있다고 설명했다.

"삐져서 그런다는 생각은 해본 적 있어요. 매사 그렇다기보다 제가 뭐라고 잔소리를 하면 일부러 그렇게 심통을 부리거든요. 남편이 외아들에다가 남한테 싫은 소리를 안 듣고 자라서 잔소리를 하면 반발심 때문에 그러는 거 같기도 해요."

사연에 소개된 일 말고도 분유를 몇 통 살지 물어봤더니 여섯 통을 한꺼번에 카트에 담아버린 일도 있고, 커피를 타줬는데 물이 적다고 했더니 물을 한가득 붓기도 하는 등, J씨 남편이 부려온 심통은 폭로를 거듭해도 끝날 기미가 보이지 않았다.

"밖에서도 그러면 정말 어쩔 줄을 모르겠어요. 결국 저 보라는 듯이 투정을 부리는 건데 남편이 애가 아니잖아요. 이 사람이 목청이 되게 좋은 편이에요. 식당에 가서 주문을 하려고 불렀는데 못 들으면, 그냥 가만히 한 번 더 부르면 되는 걸 가지고 식당이 떠나가라 소리를 질러요. 저랑 얘기할 때도 잘 못 알아들으면 하도 소리를 크게 질러서 이제는 제대로 못 들었어도 다시 안 물어봐요."

J씨는 남편에게 가장 서운했던 일로 임신해서 고구마가 먹고 싶어 샀는데 봉지를 몇 번 떨어뜨리자, 짜증을 내며 아예 고구마 봉지를 버려버렸던 일을 꼽았다. 믿고 의지해야 할 남편의 철없는 모습을 보면서 아들 하나 더 키우는 것 같다고 말하는 J씨. 이제는 딸아이가 아빠의 행동을 따라하지는 않을까 걱정이 된다고 했다. 아이에게 가르쳐줄 것이 많은 남편을 원하는 건 어머니의 당연한 마음이다. 이전까지는 사랑하는 마음으로 그러려니 해왔지만 이제는 한 아이의 어머니가 된 입장에서 그녀의 고민은 더더욱 커져가는 모습이

었다. J씨가 추측한 남편의 극단적인 행동의 이유에 대해 시어머니
도 대체로 공감하는 듯했다.

"제 아빠 닮아서 그런 것도 있어요. 애 아버지 되는 사람도 뭐
든 거꾸로 해주는 청개구리였거든요. 아들을 낳아 길렀는데 다를 게
없더라고요. 일찍 들어오라고 하면 오히려 늦게 들어오고, 많이 먹
으라고 그러면 한두 숟갈 뜨고 일어나고……"

그런데 J씨 남편의 마음 깊은 곳에는 중학교 3학년 때 죽은 형
에 대한 기억이 남아 있었다. 형이 세상을 떠난 것 자체가 큰 충격
이었고 형의 공백을 통제가 사라진 것으로 생각했다는 것. 그때부터
자기 마음대로 사는 습관이 생겼는데 부모님도 특별히 뭐라고 하지
않아 지금 아내에게까지 그런 행동을 하게 되는 것 같다고 말했다.
그는 고속도로에서 운전하는 것이나 분유를 타는 것 정도는 간섭받
을 일이 아닌데 옆에서 아내가 참견하면 화가 치밀어오르고, 극단적
인 행동을 하면서 아내를 당황시키고 나면 기분이 좋아진다고 덧붙
여 J씨를 황당하게 만들었다.

녹화장에서도 평생에 걸쳐 형성된 성격이라 고치기는 어려울
것 같다고 고개를 젓던 J씨의 남편. 그러나 '서로 좋은 말을 하고 양
보하자'는 MC들의 권유에 따라 서로에 대해 칭찬을 주고받는 것으
로 녹화는 마무리됐다. 방송 후에는 조금씩 노력한 덕분에 예전보다
는 나아진 모습을 보이고 있다고 한다. 그래도 마음에 들지 않는 일
을 보면 버럭하며 자기 생각을 고집하는 성격은 여전하다고.

혀를 다스릴 수 있는 사람은
마음을 다스릴 수 있다.
마음을 다스릴 수 있는 사람은
행동을 다스릴 수 있다.
행동을 다스릴 수 있는 사람은
스스로를 다스릴 수 있다.

– 바바 하리 다스(Baba Hari Dass)

"지나치게 빈대 붙는 친구가 스트레스예요"

김포에 살고 있는 스물한 살 대학생입니다. 친구들 중에 자기 돈 안 쓰고 얻어먹기만 하는 녀석들을 빈대라고 하죠? 전 지금부터 최강 빈대, '킹 오브 빈대'를 소개하겠습니다. 바로 제 친구입니다. 이 녀석은 일주일에 3일 이상을 우리 집에서 삽니다. 우리 집이 그렇게 넓은 것도 아니고 할머니, 부모님, 그리고 남동생까지 3대가 함께 살고 있음에도 불구하고 녀석은 눈치 한번 보는 일 없이 자기 집처럼 들어와서 같이 살아요.

　아무도 허락해준 적이 없건만, 집에 들어와서 냉장고에서 반찬을 꺼내 밥까지 차려먹고, 제 침대에서 잠을 잡니다. 일어나서는 깨

곳이 빨아놓은 제 옷이며 신발을 걸치고 가방까지 챙겨 외출한 뒤, 다시 아무도 없는 우리 집 현관문의 비밀번호를 누르고 들어와 또 제 옷으로 갈아입고 버젓이 누워서 TV를 보죠. 우리 가족은 다 순한 사람들이라 싫은 티도 못 내고 끙끙 앓기만 해요. 그나마 한마디 하는 건 할머니뿐이에요.

할머니 : 너 이놈아! 또 왔냐? 너 때문에 우리 집 반찬이 남아나질 않는다! 그만 와!
친구 : 에이~ 할머니. 왜 그러세요? 손주 한 명 더 있다고 생각하고 귀엽게 봐주세요. 네?
어머니 : 그…… 그래! 집에서 걱정하진 않니? 자꾸 우리 집에 와서 자면……
친구 : 저희 집보다 여기가 더 편한데요. 뭐. 걱정 마세요!

대놓고 말하기도 하고 은근히 눈치도 줘보고 해서 이쯤이면 안 올 만도 한데 늘 우리 집에서 삽니다. 이 녀석이 집이 없냐고요? 집이 있습니다. 가족도 있습니다. 그래도 오는 겁니다. 심지어 용돈도 받아가요. 시급 4500원짜리 아르바이트를 하는 제게 용돈 달라고 떼를 쓰죠. 돈을 안 주면 자기를 싫어하냐고, 돈이 친구보다 소중하냐는 투로 얘기를 합니다. 그러면 저는 그런 얘기를 듣기 싫어서 그냥 돈을 줘요. 어느 때는 제가 일하는 식당에서 제 이름으로 외상을 달아놓고 외식까지 즐긴다니까요.

　이렇게 7년 동안 이 녀석이 우리 집에서 살고 있습니다. 가족은 분명 아닌데 가족처럼 살고 있어요. 이제 가족들은 이 녀석을 끔찍이 싫어해요. 솔직히 누가 좋아하겠어요. 신경쓰이고 불편하고. 하지만 녀석은 오늘도 현관문을 열고 들어와 자고 있습니다. 벌레 잘 잡는 분들, 이 대형 빈대 때려잡는 법 좀 전수해주세요!

빈대남 L씨의 만행은 여러 사람의 공분을 사기에 충분해 보였다. L씨는 P씨의 집에서 숙식을 해결하고 얼마 없는 용돈마저 가져가면서 마음대로 살고 있었다. 정작 주인인 P씨나 P씨의 동생은 방을 뺏겨 거실에서 자고 컴퓨터도 마음대로 못 쓰는 상황. P씨와 중학교 2학년 때부터 7년 동안 우정을 쌓아왔다는 L씨지만, 우정을 빌미로 P씨의 집을 자기 집처럼 드나든다는 말에 MC들은 이해할 수 없다는 반응을 보였다.

　P씨 가족이 대놓고 그에게 적당히 할 것을 요구해도 '오늘만 자고 가겠다'는 식으로 넘기고 빈대 붙는 일을 반복한다는 L씨. 가끔 할머니가 한마디 하면 눈치가 보이기는 하지만, 자신이 크게 잘못했다고 생각한 적은 한 번도 없다고 말했다. 그가 자신의 입으로 직접 밝힌 빈대 붙는 이유는 다음과 같았다.

　"민망한 얘기지만 제가 지금 휴대전화가 정지된 상태예요. 그런데 친구네 집 와이파이가 엄청 잘 터져요. 컴퓨터도 두 대 있고요. 그래서 인터넷하려고 갈 때도 있고요, 할머니가 정말 음식을 잘하세요. 밥이 꿀맛입니다. 그 손맛을 잊지 못해서 자꾸 가게 됩니다. 물론 제가 다른 친구들하고 비교해봤을 때 얘네 집에 자주 놀러가는 건 맞아요. 그런데 친구 사이에 그럴 수도 있는 거 아닌가요? 다른 사람들도 친구 집에 놀러가잖아요. 친해서 그런 건데 그게 싫었다고 하니까 섭섭한 마음이 들어요."

능청스러운 L씨의 변명에서 과연 '최강 빈대'다운 풍모가 느껴졌다. 과거 학창시절에 등교시간이 두 시간이 넘어 할 수 없이 친구 집에서 기거한 적이 있다는 비스트의 용준형씨. 그도 L씨와 마찬가지로 일주일에 4일은 친구 집에서 보냈다고 한다. 하지만 용준형씨는 통학거리라는 물리적인 이유로 어쩔 수 없이 머물렀고, 졸업 후에는 친구 집을 거의 찾아가지 않았다고 말해 L씨와 다르다는 점을 분명히했다. P씨는 나중에 자신이 결혼을 해서 가정을 꾸려도 L씨가 찾아올 것 같다며 '이제 정신을 차렸으면 한다'는 솔직한 심경을 이야기했다.

"만원만 달라는 말을 입에 달고 살아요. 솔직히 밤에 찾아와서 문 열어달라고 하면 정말 싫은데 자꾸 밑에서 이름 부르고 문 두드리니까 할 수 없이 열어줘요. 한번은 대학교 입학 면접을 보려고 정장을 사놨는데 면접날 아침에 찾으니 그게 없는 거예요. 그래서 할 수 없이 아무거나 입고 갔는데 면접을 보고 나서 만나니까 얘가 그

양복을 입고 있더라고요. 정말 화가 나서 뭐라고 했더니 오히려 제가 미리 말 안 한 게 잘못이라는 식으로 나와서 황당했죠."

　화가 난 마음에 친구가 자신의 옷을 입고 있거나 방에 누워 있는 모습을 사진까지 찍어놨다는 P씨. 친구이기에 하고 싶은 말을 꾹 누르고 식구 한 명 더 생겼다는 마음으로 챙기고 받아줬지만, 이제 성인이 되고 점점 각자의 삶을 살아가야 하는 상황에서 더이상 감당하기는 힘들어 보였다. 하지만 P씨나 P씨의 가족은 남에게 모진 말을 하거나 싫은 내색을 하는 성격이 아니었다. '착하다고 무시하나'라는 생각을 하면서도 막상 얼굴을 보면 싫은 티도 못 내고 받아주고야 마는 P씨다.

　이제까지의 행동은 잘못이 명백하다며 그동안 P씨에게 갖가지 부담을 주고 용돈까지 타간 것을 사과할 필요가 있다는 MC들의 지적에 '이런 얘기까지 들으니 억울해서 앞으로 친구 집에 더 찾아가겠다'며 도리어 으름장을 놓는 L씨였다. 친구가 힘들다고 얘기를 해도 그걸 고민으로 생각하지 않았다는 그가 P씨의 간절한 바람을 알아듣고 조금이라도 바뀌었을까.

　L씨가 주변에서 워낙 많은 비난을 들어서인지 P씨 집에 오는 빈도가 많이 줄어들어, 지금은 자기 집에서 보내는 시간이 더 많아졌다고 한다. 그러나 빈대 기질이 완전히 없어지지는 않았다는 P씨의 푸념이다.

친구란 누구나 이미 알고 있는 원수에
불과하다.

– 커트 코베인(Kurt Cobain)

친구를 얻는 방법은
친구에게 부탁을 들어달라고 하는 것이
아니라 내가 부탁을 들어주는 것이다.

– 투키디데스(Thucydides)

"아내가 저보다 타월을 더 사랑합니다"

저는 열네 살이나 어린 신부를 얻은 새신랑입니다. 이렇게 나이 차이가 많은 결혼을 보고 '도둑질'이라고 부르는 사람도 있죠. 네! 저 도둑질했습니다. 그래도 양심은 있어서 결혼하기 전에 그랬습니다.

"넌 수건 한 장만 들고 오빠한테 오면 돼!"

아내는 정말 타월 몇 장만 들고 시집왔습니다. 그래도 같이 살수 있다는 사실만으로도 행복했어요. 그런데 그때 들고 온 그 몇 장의 타월! 그게 그렇게 문제가 될 줄 누가 알았겠어요. 그 타월이 결혼 2년차인 우리 부부 사이를 갈라놓고 있습니다. 타월이 뭐나 된다고 그것 때문에 사이가 멀어지느냐고요?

나 : 자기야. 이리 와! 같이 자자.

아내 : 싫어. 난 미미랑 잘 거야!

나 : 자기는 나보다 미미가 좋아?

아내 : 누가 자기가 싫대? 그냥 미미랑 자고 싶다고!

미미는 아내가 가져온 그 타월의 이름입니다. 제가 보기엔 아무것도 아닌 수건 한 장인데 아내는 거기에 미미라는 이름을 붙이고 세상에 없는 보물처럼 아껴요. 천둥번개를 무서워하는 아내는 번개가 치면 잠을 잘 못 자요. 그럼 위로한다고 제가 다가서서, 이렇게 말해요.

나 : 걱정 마. 오빠가 있잖아! 오빠랑 꼭 안고 자면 안 무서워.

아내 : 싫어싫어! 미미가 지켜줄 거야!

이런 일이 벌어지기를 수차례. 어떤 남자가 타월보다 하찮게 자신을 대하는 걸 참을 수 있겠어요. 결국 저는 타월을 찢어발겨버렸습니다. 그러자 아내는 미미가 죽었다며 식음을 전폐하고 잠도 못 자고 변도 못 본 채로 시름시름 앓더군요. 하는 수 없이 전 미미와 가장 닮은 타월을 찾아 '미미Ⅱ'라며 아내에게 줬습니다. 대번에 표정이 밝아지는 그녀의 모습을 보고 저는 혼자 소주를 네다섯 병 들이킬 수밖에 없었어요. 딴 남자도 아니고 한낱 타월 때문에 괴로워서 밤새 술 마시는 그 기분 모르실 거예요. 이게 다 미미 때문이라고 하면, 저 정신병자 취급당하겠죠? 하지만 정말 사실입니다. 너무 괴로워요!

타월만 끌어안고 사는 아내를 이해하지 못하고 있던 J씨. 하루도 안 빼고 타월을 끌어안고 잔다는 그의 아내였다. 녹화장에 공개된 사진에서 J씨의 아내는 커다란 타월을 목에 감고 장을 보거나 거리를 걸을 때도 타월을 품에 지니고 있었다. 직접 가져온 타월은 오랜 시간 아내가 만지작거린 탓에 색이 바래고 올이 나간 상태였다. 타월도 여러 종류가 있어서 비치타월같이 큰 타월이 있는가 하면 작은 휴대용 타월도 있었다. 이 수건들의 이름은 당연히 모두 미미였다. 같이 출연한 J씨의 아내는 타월이 없으면 못 사는 이유를 설명했다.

"어릴 때부터 타월 가지고 다니는 걸 좋아했어요. 중고등학교 때는 학교에도 가지고 다녔는데 선생님이 시험 때 타월을 뺏어간 적이 있었거든요. 그때 글자가 눈에 안 들어와서 평소 잘하는 과목인데 시험을 망쳐버렸어요. 화장실에 갈 때도 미미가 있어야 쾌변하고 음식할 때도 미미가 없으면 요리가 잘 안돼요."

집에서 끌어안고 있는 것만으로는 부족해 외출을 할 때도 타월을 지니고 가고, 타월이 없다는 이유로 약속을 취소한 적도 있다는 그녀는 쇼핑을 하러 가서도 자기가 좋아하는 재질의 타월을 보면 기분이 좋아진다고 했다. 아예 미미로 만든 옷을 입고 출연한 J씨의 아내는 '미미와 남편 중에 누가 더 좋냐'는 질문에 망설임 없이 미미를 선택해 MC들을 혼란에 빠뜨렸다. 그런 아내를 보면서 씁쓸한 표정을 지을 수밖에 없는 J씨다.

"솔직히 정말 화날 때도 있어요. 그런데 나이 차이가 많다보니까 쉽게 감정 표현하기가 어렵고 그냥 속으로 삭히고 말죠. 샤워하고 나서 미미에 발을 닦거나 집에서 키우는 고양이를 씻기고 미미로 닦아주는 식으로 스트레스를 풉니다."

왜 자신이 아끼는 것을 함부로 대하냐고 아내는 원망했지만 미미를 빨아서 깨끗하게 유지하는 것도 J씨의 몫. 그는 아내가 미미를 빠는 것을 본 적이 없다며 하도 지저분해 항상 자기가 빨고 있다고 말했다. 그러나 J씨의 아내는 빠는 동안 시간이 걸리고 빨고 나면 타월이 건조해져서 세탁을 원치 않는다고 했다.

남편인 자기 대신 미미를 끌어안고 자서 늘 서운했다는 J씨. 그가 아내의 속내를 완전히 이해 못 하는 바도 아니었다. 아버지 없이 자란 아내의 마음 깊이 자리잡은 애정 결핍이 곁에 있는 물건에 대한 집착으로 연결된 것은 아닐까, 그는 조심스럽게 짐작하고 있었다. 그러나 머리로 이해한다고 해서 가슴으로까지 납득하기는 어려운 일. 그러한 아내의 상처를 자신의 애정으로 충분히 채울 수 있다고 믿었지만 아내를 변화시키는 건 결코 쉬운 일이 아니었다.

그래도 타월보다는 남편을 더 사랑했으면 좋겠다는 MC들의 권유와 앞으로 더 사랑하고 잘할 테니 이제 타월은 그만 버리자는 J씨의 부탁에도 아내는 끝내 '남편은 사랑하지만 미미는 버릴 수 없다'고 타월에 대한 집착을 놓지 않았다. 다만 앞으로 가끔이라도 타월을 빨겠다는 약속을 마지못해 하는 아내의 모습을 보는 J씨의 쓸쓸한 모습과 그의 처지를 이해하는 방청객들의 표정을 마지막으로 녹화는 끝이 났다. 쉽게 타월에 대한 애정을 버리지 않을 것처럼 보였던 J씨의 아내는 요즘도 계속 타월을 사고 있으며 세탁은 여전히 남편 몫이라고 한다. 오히려 방송 후에 바뀐 건 J씨로, 이제는 아내가 타월에 집착하는 것을 보고도 특별한 잔소리를 하지 않는다는 소식이다.

가장 따뜻하고 부드러운 건 결국 사람

이날 J씨의 아내가 보인 집착에 공감을 표한 김태균씨. 그의 아들도 그가 사온 이불 홑청의 부드러움에 푹 빠진 후로는 다 낡았는데도 불구하고 그 이불 없이는 잠을 자지 못한다고 했다. 사회로 나아가 인간관계를 형성하기 전 유년기에는 그런 성향이 누구에게나 있을 수 있다. 하지만 어엿한 성인이 돼 결혼까지 했는데도 자신보다 타월을 더 사랑하는 아내를 보는 J씨의 마음은 참담할 수밖에 없을 터. 자신이 끌어안고 있는 타월보다 더 따뜻하고 부드러운 마음이 남편에게 있음을 J씨의 아내는 언제쯤 깨달을 수 있을까.

사랑은 끝없는 용서의 행위이며,
습관으로 굳어지는 상냥한 표정이다.

– 해브록 엘리스(Havelock Ellis)

사랑은 증오의 소음을 덮어버리는
쿵쾅대는 큰 북소리다.

– 마거릿 조(Margaret Cho)

함께 살면 부딪치는 일들

"남편이 빛을 싫어해서 집에서 불을 못 켜요"

우리 가족이 사는 얘기 좀 들려드리려고요. 우리 가족은 한마디로 어둠의 가족입니다. 갑자기 무슨 황당무계한 소리냐고요? 우리 남편이 '어둠'을 심하게 좋아해요. 그러다보니까 햇빛 잘 받는 남향의 전망 좋은 집에 살면서도 저와 아이들은 햇살 구경 한번 하기가 힘듭니다. 남편이 365일 내내 블라인드로 햇빛을 차단해버리거든요.

나 : 여보, 나 단추가 떨어졌나봐. 잠깐 불 좀 켜면 안 돼?

남편 : 불 안 켜도 대충 보이는구먼 뭘. 바닥 더듬어보면 있을 거야.

나 : 없어. 진짜 잠깐만 켤게.

남편 : 안 돼! 나 눈부시다고!

우리 남편은 흡혈귀라도 되는 걸까요? 이상하게 빛을 싫어합니다. 불을 켜면 끄고, 켜면 끄고 이걸 반복해서 저도 이제 포기하고 남편이 하는 대로 어두컴컴한 집에서 살고 있어요. 제가 외출할 일이 있어서 화장을 하려면 현관 밖을 나가 엘리베이터로 들어가야 합니다. 엘리베이터에 달린 거울을 보고 화장을 해요. 아이들이 공부한다고 불을 켜면 눈부시다고 작은 불 하나만 켜놓고 공부를 하게 해요. 저야 이러고 사는 게 팔자려니 하면서 깜깜한 집에서 청소하고 요리하고 바느질하면서 산다고 치지만 애들이 무슨 죄인가요?

나 : 아까 엄마가 풀라고 한 문제집 있지? 그것 좀 풀고 자.

아들 : 엄마, 뭐가 보여야 책을 보죠.

나 : 책상 등 켜면 보이잖아. 그거 켜고 해.

아들 : 눈 아파서 못 해요. 그냥 일찍 자고 내일 할게요.

다른 집 같으면 책도 읽고 그림도 그리고 만들기도 하면서 자랄 아이들이, 틈만 나면 불 끄는 아빠 때문에 딱히 할 일이 없어서 그냥 일찍 잡니다. 아이들이 일찍 자는 게 나쁜 건 아니지만 저러다 집이 재미가 없어서 밖으로 나돌지는 않을까 걱정도 됩니다.

우리 집 정말 재미없고 이상하죠? 교도소도 소등시간이 따로 있는데, 이건 감옥도 아니고 내내 어둠 속에서 살아야 하니…… 우리 가족은 언제쯤 빛을 볼 수 있을까요? 제 남편은 언제쯤 저 블라인드를 걷어내고 환한 햇살을 맞이할까요?

스튜디오에 공개된 C씨의 집 사진을 본 MC들은 황당하다는 반응이었다. 온통 깜깜한 집 안에서 TV 화면만 빛을 발하고 있는 사진을 보고 '사진 인화가 잘못된 게 아니냐'는 이야기가 나올 정도였다. 이렇게 어두운 집 안에서 하루하루를 보내고 있다는 C씨 가족. 전기세가 부담이 될 형편도 아닌데 도대체 이유가 뭘까.

C씨 남편은 이상하게 느껴질 정도로 빛에 대한 강박관념을 가지고 있었다. 덕분에 C씨는 남편이 들어오면 바로 집 안의 모든 불을 꺼야 하고, 남편이 방문을 닫지 못하게 하기에 다른 방에서 불을 켜고 있는 것도 어렵다고 한다. 아이들이 방문을 닫고 들어가도 '불 켜려고 하는 것 다 안다'며 끝까지 쫓아가 불을 꺼버린다는 C씨의 남편이다. '스튜디오의 불빛도 너무 밝다'며 대기실에서 불을 다 끄고 기다렸다는 그는, 직장에서는 어쩔 수 없이 밝은 것을 참지만 자기 집에서는 자기가 원하는 방향에 맞게 살고 싶다며 쉽게 고집을 꺾을 기세가 아니었다. 이날 방송에서는 C씨 남편의 취향에 맞춰 잠시 스튜디오의 불을 끄고 녹화를 진행하는 시간을 갖기도 했다.

"저는 전혀 불편하지 않습니다. 이렇게 어두우면 마음이 평온

해져요. 아예 불을 완전히 끄는 것도 아니고 물건 보일 만큼 다 켜고 살거든요. 오늘도 애들 목욕시킨다고 해서 불 켜게 해줬고요. 그럼 된 거 아닌가요?"

그러나 C씨의 생각은 전혀 달랐다. 미술에 소질을 보인다는 아이가 집에서 그림을 많이 그렸으면 좋겠는데 그러지 못해 속상한 마음이 우선이었고, 마늘을 까거나 다이어리를 쓸 때조차 화장실에 들어가서 해야 하는 자신의 처지를 비관하는 모습도 보였다.

"연애할 때도 남편이 어두운 곳만 찾아들어가서 그런가보다 했는데, 결혼하고 나서 아이까지 생기고 나니까 제발 고쳤으면 하는 생각이 많아요. 겨울같이 해가 빨리 질 때는 아이들이 저녁 일곱시에 잠들어버릴 때도 있어요. 저녁에 하면 좋은 일이라는 게 있잖아요. 그런 걸 한 번도 못 하고 집 분위기가 너무 어두워요. 집이 어두워서 그런지 아이들 성격도 점점 소극적이 돼가는 걸 느껴요. 하고 싶은 게 많은 애들인데…… 그림 한번 집에서 마음대로 못 그리고……"

아이들에 대한 걱정과 남편을 향한 원망이었을까. 이야기를 털어놓는 C씨의 눈에 눈물이 흘러내렸다. 어두운 집 안에서 답답함을 감당해야 하는 C씨의 고통이 보는 사람에게 그대로 전해져왔다. 그녀가 가진 대부분의 고민은 아이들 문제였다. 자신의 취향만 고집하고 아이들은 챙겨주지 않는 남편, 그런 남편을 원망스러워하며 어떻게든 아이들을 챙기느라 고생하는 아내. 불을 켜고 끄는 문제를 떠나 이들 부부는 함께 사는 사람으로서 나누어야 할 기본적인 소통이 다소 부족해 보였다.

MC들의 관심은 자연스럽게 C씨의 남편이 불을 켜지 못하게 하는 이유로 옮겨졌다. 그는 왜 어둠을 좋아하게 된 걸까. 그 이유는 무척이나 사소해, 듣는 사람들이 허탈해질 정도였다. 눈썹 문신이 잘못된 적이 있는데 그게 드러나는 게 너무 싫어서 불을 끄기 시작한 게 지금까지 이어졌다는 것이다. 아내에게 문신을 보여주는 게 너무나 싫고 창피했다는 이유 하나가 빛에 대한 강박관념의 원인이 됐다는 이야기에 방청객들은 놀라는 반응이었다.

주변 사람들도 이제는 C씨 남편의 성향을 알고 집을 방문해서 어두워도 별말을 안 하는 지경에 이르렀고, 처음 오는 손님들이 어둡다고 하면 주방에 작은 불 하나 켜주는 정도가 끝이라는 C씨의 집. 그녀의 남편은 아내가 간절히 바라는 대로 저녁에 아이들이 공부하고 그림 그릴 수 있게 불을 켜도록 허락했을까. 방송이 나간 이후 남편에게 지인들이 많은 질타를 했지만 처음에 그는 꿈쩍도 하지 않았다고 한다. 하지만 장인어른이 전화한 후로는 조금 달라져 지금은 저녁 일곱시부터 아홉시 정도에는 불을 켜는 편이라고 C씨는 전해왔다. 하지만 낮에는 철저하게 불을 끄고, 되도록 어둡게 지내려는 성향은 여전하다는 C씨의 남편. 그녀의 고민은 끝나지 않은 듯 보인다.

사랑은 자신 이외에
다른 것도 존재한다는 사실을
어렵사리 깨닫는 것이다.

– 아이리스 머독(Iris Murdoch)

"특이한 잠버릇이
저를 이상한 사람으로 만들어요"

사랑스런 두 딸과 예쁜 아내를 둔 누가 봐도 화목한 집안의 가장입니다. 그런데 전 아내와 7년째 각방을 쓰고 있어요. 언제부턴가 아내가 자꾸 절 피하기 시작했어요. 처음에는 무척 서운하고 이해할 수 없었지만, 이유를 듣고 나서 깜짝 놀랄 수밖에 없었습니다. 그 이유는 바로 제 이상한 잠버릇 때문이라네요! 코를 심하게 골거나 이를 갈거나 잠꼬대를 하는 정도가 아닙니다. 아내의 말을 빌리자면 제가 제 두 손으로 아내의 머리부터 발끝까지 밤새 만진다는 거예요. 전 분명 자고 있었는데 아내의 머리, 목, 가슴, 배, 엉덩이, 다리, 발바닥까지 온몸을 더듬거리고 만져서 잠을 잘 수가 없다고 해요. 하지만 저는 전혀 기억이 없어요. 아무리 남편이라지만 밤마다 그렇게 만져대는데 견딜 수 있겠어요? 아내는 그렇게 제게서 점점 멀어져 갔습니다. 사실 제 잠버릇을 전혀 몰랐던 건 아닙니다.

교수 : 이봐, 자네!

나 : 네, 교수님.

교수 : 자네 말이야…… 나한테 할 얘기 없나?

나 : 무, 무슨 말씀이시죠?

교수 : 저번에 MT 가서 말이야. 자네 왜 그렇게 옆에서 자는 사람을 만지작거리나? 자네 때문에 내 한숨도 못 잤네!

나 : 네? 제, 제가요? 교수님을요?

대학교 MT에 가서 우연히 교수님 옆에서 잠든 적이 있었는데, 제가 교수님의 몸을 머리부터 발끝까지 밤새 쓸어내렸다네요. 듣고 나서 무서웠어요. 군대에서도 자다가 고참 몸에 손을 대서 한밤중에 얻어맞은 적도 있습니다. 그렇지만 이 모든 것이 저는 기억이 나지 않습니다. 미칠 지경이죠.

심지어 동서도 절 의심한 적이 있어요. 처가에서 잠깐 한방에서 같이 잔 적이 있는데 제가 또 그랬다는 겁니다. 동서가 얼마나 놀랐겠어요. 그 뒤로 동서는 제 근처에도 안 오죠. 저한테 정신적인 문제가 있다면서 저를 의심하는데 제가 한 것도 아니고 안 한 것도 아닌 그런 상황인 겁니다. 문제는 제가 사회생활을 하면 할수록 이런 의심을 점점 폭넓게 받고 있다는 겁니다. 남자가 술 마시고 동료들과 곯아떨어질 때도 있잖아요? 그럼 동료들을 상대로 또 그 버릇이 발동해서 이상한 오해를 사곤 합니다. 때와 장소를 가리지 않아요.

제 사랑하는 아내로부터 격리되는 것도 괴롭고, 눈에 넣어도 안 아픈 딸들에게 팔베개 한번 해주고 싶은데 그럴 수가 없습니다. 이 얘기를 들은 딸들도 저를 피하고 있어요. 저 어떡하면 좋을까요. 그냥 잠을 자지 말까요?

습관만큼 고치기 어려운 것도 없다. 안 좋다는 사실을 알면서도 한번 몸에 익으면 고치기 어려운 습관. 어려서부터 부모가 아이의 버릇에 신경쓰는 것도 그 때문이 아닌가. 사람마다 자신만의 버릇이 있기 마련이지만 A씨가 가진 버릇은 유별났다. 잠을 자면 동침하는 사람들에게 격렬한 스킨십을 한다는 것. 옆 사람을 껴안거나 밀어내는 식의 잠버릇은 종종 있지만 A씨처럼 자는 내내 더듬고 만지는 경우는 드문 일이다. 중학교 3학년 때부터 이상한 잠버릇이 생겨 지금까지 고생하고 있다는 그는, 잘 때 한 행동에 대한 기억이 전혀 없고 무의식중에 하는 행동에 갖가지 오해들만 계속 생겨 무척이나 난처해하는 모습이었다.

A씨의 잠버릇 때문에 본인 다음으로 고민인 사람은 다름 아닌

A씨의 아내. 그녀는 '신혼 때는 그런 버릇이 좋았다'며 말문을 열었지만 이후에는 밤새 잠을 자기가 어려워 힘들었다며 A씨의 요청으로 그의 손발을 묶고 잠든 적도 있었다고 말했다. 하지만 묶은 것마저 다 풀어버리는 바람에 별 소용이 없었다고.

"부부가 살 붙이고 사니까 부부인데 그러질 못하니까 싸워도 금방 안 풀리고 그런 게 있어요. 남들처럼 남편 옆에서 걱정 없이 자보는 게 소원이죠. 옆에서 보면 참 안쓰러워요. 딸들을 예뻐해서 같이 자고 싶어하는데, 아빠 잠버릇 때문에 딸애들이 놀라거나 커서 고민이 될까봐 솔직히 같이 안 자는 게 낫겠다 싶어요. 놀러가서도 어쩔 수 없이 남편 혼자 텐트를 치고 자요. 그래도 어떡하나요. 지난번에는 낮잠을 자는데 남편이 애들 배를 막 만지고 있어서 깜짝 놀랐죠. 바로 갈라놨어요."

A씨의 잠버릇에 당한 피해자(?)들은 한결같이 그 때문에 난처한 적이 있었다고 털어놓았다. 중학교 때 같이 자다가 자신을 더듬고 때리는 A씨에 놀라 여름에 겨울 솜이불을 꺼내서 가운데를 막고 잠을 청한 적도 있다는 친구, 집안 모임을 하고 술에 취해 잠들었는데 자신의 옷을 벗기는 A씨의 행동에 기겁을 하고 함께 여행을 가도 A씨 곁에서 절대 자지 않는다는 동서, A씨 잠버릇에 놀란 적이 있어서 자신도 조심한다는 모터사이클 동호회 동료. 이들의 공통점은 절대 A씨 옆에서 잠을 자지 않는다는 거였다. A씨가 받은 오해의 형태도 다양했다.

"제 직장동료 중에 남자를 좋아하는 남자 분이 있었어요. 처음에는 그걸 몰랐죠. 그리고 함께 잠이 들었는데 역시 제 잠버릇이 발동해서 그분을 만진 겁니다. 그런데 그분 입장에서는 또 제가 그렇게 하니까 자기도 호응을 하신 거예요. 그게 자면서 느껴지더라고요. 일어나서 따져물었더니 그분 하는 말이 제가 먼저 그래서 그랬다는 겁니다. 그러니까 그분은 제가 애정 표현하는 줄 아신 거죠."

당하는 입장이 되고보니, 자기 때문에 피해를 입은 사람들이 얼마나 싫었을까 생각하게 됐다는 A씨. 그러나 문제의 심각성을 안 후에도 별다른 해결방법을 찾지는 못했다고 한다. MC들은 A씨가 정말 의식하지 못하는지, 조금이라도 뭘 느끼지 않았는지 궁금해했지만 그는 극구 부인하면서 다른 사람을 만지고 나면 기분이 나빠서 바로 몸을 씻을 정도라고 답했다. A씨는 더이상 성추행범이나 동성애자로 오해받고 싶지 않다며 방송을 본 다른 사람들의 이해를 구했다. 덕분에 이후로는 주변 사람들이 A씨의 행동을 이해해주는 편이라는 소식이다.

습관의 쇠사슬은 거의 느낄 수
없을 정도로 가늘고,
깨달았을 때는 이미 끊을 수 없을 정도로
완강하다.

– 린든 존슨(Lyndon Johnson)

마흔 살이 지나면 남자는 자기의 습관과
결혼해버린다.

– 조지 메러디스(George Meredith)

안 씻어도, 너~무 안 씻는 그 사람

"안 씻는 부하직원 때문에 탈모가 생겼습니다"

용산의 가전제품 대리점에 근무하고 있는 과장입니다. 제가 부하직원 때문에 원형탈모가 생겼습니다. 머리털이 빠지는 고통을 2년간 겪고 있어요. 제 머리털이 빠지는 이유는 놀랍게도 부하직원이 너무 더럽기 때문입니다. 말 그대로 위생상태가 나쁘다는 뜻입니다.

얼마나 더럽기에 그러냐고요? 일단 손을 안 씻습니다. 그러다 보니 손톱 색깔이 심상치 않아요. 누가 보면 손톱 끝만 까맣게 칠한 네일아트인 줄 알 겁니다. 세수요? 제가 보기엔 안 하는 거 같은데 본인 주장에 따르면 3~4일에 한 번은 한다네요. 사실 3~4일에 한 번 하는 것도 지금 변명이라고 할 게 아니잖아요. 당연히 머리도 안

감죠. 대신 모양을 유지하느라 스프레이를 무진장 뿌립니다.

여기까지는 남자끼리 있는 공간이기도 하고 그냥 좀 안 씻는 사람이구나, 하면서 넘어갈 수 있는 부분입니다만 이게 끝이 아닙니다. 얘기는 여기서부터예요. 부하직원은 이를 닦지 않습니다. 충격적이게도 이를 닦는 대신에 마스크를 쓰고 다닙니다. 마스크를 쓰느니 이를 닦는 게 낫지 않을까 생각했지만 그건 단지 저의 생각일 뿐이겠죠. 그래도 직장에서 마스크를 쓰고 다니면 이상하잖아요. 그래서 한마디 했죠.

나 : 야, 너는 매장에서 무슨 마스크를 쓰고 다녀? 당장 벗어!

직원 : 네…… 저 과장님 그러면……

나 : 악! 이게 무슨 냄새야! 야, 마스크 쓰고 얘기해. 당장!

옷은 2년 동안 세어본 결과, 딱 세 벌밖에 없습니다. 그나마도 겨울에 입는 외투, 외투 속에 입는 니트, 니트 안에 입는 셔츠니까, 겨울에는 그 세 벌을 다 입고 다니는 거고 날씨에 따라 한 벌씩 벗을 뿐이죠. 매일 입으니 빨 새가 어디 있겠어요. 자기 말로는 일주일에 한 번은 빤다는데 명백한 거짓말로 보입니다.

3개월 전쯤이었을 거예요. 무슨 생각이었는지 제가 술에 취해 부하직원의 집에서 잔 적이 있어요. 눈을 뜬 순간 원효대사가 해골물을 마셨다는 걸 알았을 때 받았을 법한, 그런 느낌을 받게 됐죠.

바로 이불 때문이었습니다. 제가 덮고 있는 이불이 너무 더러워 자면서도 그 더러움이 느껴질 지경이었습니다. 참을 수가 없어서 이불을 발로 차버린 순간 또 한 번의 충격이 왔습니다. 부하직원이 신발을 신은 채로 자고 있는 거예요. 아니 서양 사람들도 잘 때는 신발을 벗고 자지 않습니까? 출근시간이 되자 그대로 출근하더군요. 발을 닦는다는 건 당연히 생각할 수 없는 일이고요.

사장님은 대리점 이미지도 있으니까 과장인 제가 그 부하직원이 깨끗하게 하고 다닐 수 있게 관리 좀 하라고 하시는데, 아무리 얘기를 해도 이 부하직원은 도통 씻지를 않아요. 어린아이도 아니고 쫓아다니면서 씻길 수도 없는 노릇 아닙니까? 그러다보니 스트레스를 너무 받아 원형탈모가 시작된 거죠. 아침부터 저녁까지 가족보다 많은 시간을 보내는데, 같이 밥 먹는 것도 고역이고 사실 이 친구가 제 컴퓨터에 손대는 것도 불결해서 싫습니다. 옆에 있으면 괜히 몸이 근질근질해지는 느낌이 들고요. 성격 착하고 일 열심히 하지만 너무 안 씻는 이 친구, 목욕탕 좀 데려가실 분 찾습니다!

부하직원 N씨 덕분에 사무실에서 수시로 청국장 냄새를 맡는다는 P씨. N씨가 자신이 더럽다는 자각을 조금이라도 하고 있다면 어떻게든 다그쳐 씻게 만들겠지만, P씨가 보는 N씨는 자신이 더럽다는 사실 자체를 인지하지 못하고 있다고 했다. 야단을 쳐서 양치질이라도 하라고 시켰더니 무려(!) 이틀간 양치질했다고 자랑스럽게 보고하는 N씨의 모습을 보면서 P씨를 포함한 사무실 사람들은 점점 그를 원래 더러운 사람으로 생각하게 됐다고.

사연이 공개되자마자 이날 '악취남'으로 소개된 N씨의 주변 방청객들의 표정이 일그러졌다. 겉으로 보기에는 준수한 외모에 특별한 문제가 없어 보이는 N씨. 그러나 사실은 방송에 나온다고 해서 일주일 만에 머리를 감고 이를 닦은 덕분이라는 것. N씨는 정말 씻지 않는 사람일까. 처음에는 알 수가 없었지만 좀더 자세히 그를 들여다보자 씻지 않아 까맣게 된 무릎, 손톱 사이에 낀 때, 때에 절은 옷이 드러났다. 그는 자신의 입으로 스스로의 위생상태를 공개했다.

"2년 동안 물을 몸에 대본 적이 없어요. 집에 들어가면 자기 바빠서 신발 신고 잘 때가 많고요. 지금 입고 있는 옷도 언제 빨았는지 기억이 안 나요. 빨고 싶을 때 빨아요. 속옷이요? 속옷은 그래도 2주에 한 번씩은 갈아입죠."

그렇다면 그가 이렇게 씻지 않게 된 데에는 어떤 특별한 사연이라도 있는 것일까. N씨에 따르면 지방 출신으로 서울에 올라와 자취를 하면서 워낙 바쁘게 살다보니 점점 씻는 일을 멀리하게 됐는데, 지금은 아예 그게 습관이 돼버렸다는 것이다. 그러면서 그는 안 씻는 것도 익숙해지면 괜찮다며 별일 아니라는 투의 반응을 보여 사람들을 경악하게 했다. N씨의 주장에 따르면 너무 청결하면 오히려

면역력이 떨어지고 자주 안 씻으니 감기도 잘 안 걸리는 등 좋은 점이 많다고 하니, 그의 생활습관을 바꾸기란 보통 어려운 일이 아닌 듯 보였다. 성격 차이로 헤어지긴 했지만 N씨에게도 입맞춤까지 나눈 여자친구가 얼마 전까지는 있었다고 한다. 여자친구를 만나거나 소개팅을 할 때는 씻기도 했지만 이제는 헤어지는 바람에 씻을 일이 더 없어진 그였다.

P씨는 이런 N씨의 집에서 술김에 잠들었던 때를 아직도 잊지 못하고 있었다. N씨의 집 부엌에는 곰팡이가 피어 있고 거실과 방에는 먼지가 가득했는데, 무엇보다 잊을 수 없었던 건 자기가 덮고 있던 이불이었다고. 증거물로 제시된 N씨의 이불은 정말 까만 얼룩들이 잔뜩 묻어 있었는데, 이불이 너무 더럽고 냄새나 담당 스태프조차 장갑을 끼고 만져야 했다. 이날 녹화에 함께 참여한 성시경씨는 이불을 보고 경악을 금치 못하며 도대체 이 친구가 왜 이렇게까지 됐을까에 집중하기 시작했다. 분명 이 친구가 이렇게 되기까지는 그럴 만한 이유가 있을 거라며, 해결방안을 찾기 위해 수많은 질문과 노력을 해봤지만 답을 찾기가 쉽지 않았다. 작곡가 김형석씨 역시 이 직원을 보며 안타까운 마음에 로커가 되고 싶으면 도와줄테니 일단 씻고 오라고까지 제안했으나 그의 마음은 동하지 않아, 많은 사람이 아쉬워했다.

서울에 올라올 때 가수가 되는 게 꿈이었다는 N씨. 그러나 이룰 수 없는 꿈과 각박한 현실 앞에서 N씨가 할 수 있는 약속이란

'언젠가 가수가 되면 씻겠다'는 것. 그의 다짐에 함께 출연한 가수 출신의 게스트들도 누구나 어려운 시절을 겪는다며 응원을 보내기도 했다.

사무실 이미지를 위해 N씨를 씻기라는 사장과 절대 씻을 생각이 없다는 N씨 사이에서 탈모가 그칠 날이 없다는 P씨의 고민은 분명해 보였다. 그렇다고 성격이 착하고 일도 열심히 하는 부하직원을 매몰차게 직장에서 몰아낼 수도 없는 일이었다. 어떻게든 감싸주고 이끌어주려고 했지만 그럴 때마다 자기도 모르게 찡그려지는 얼굴은 어쩔 수 없었을 터. 그가 들려준 소식에 따르면 N씨는 결국 대리점을 그만둬 그로 인해 골치 아플 일은 없어졌다고 한다. N씨는 현재 새로운 직장을 구했다. 그가 새로 갖게 된 직업은 바리스타. 음료를 다루는 직업이니만큼 이제는 N씨가 좀 청결하게 지내고 있을까.

우리는 자신만을 위해 살 수 없다.
천 개의 가닥으로 다른 사람들과 연결돼
있기 때문이다.

– 허먼 멜빌(Herman Melville)

청결과 정돈은 본능의 문제가 아니라
교육의 문제이며,
대부분 중요한 것들과 마찬가지로
그에 대한 감각을 키워야 한다.

– 베냐민 프랭클린

〈안녕하세요〉 제작팀이 뽑은
베스트 사연 10

1. 어둠의 가족

〈안녕하세요〉 제작팀이 주변에서 가장 흔하게 듣는 말 중 하나가 "세상에 별의별 사람들 다 있더라"는 말일 것이다. 인류에게 있어서 큰 축복으로 여겨지는 전구의 발명이 한 사람에게는 그다지 반갑지 않은 역사일 수 있다는 사실도 참으로 놀라운 일이었다.

대기실에 노크를 하고 들어서던 순간, 그곳에서조차 모든 불을 끄고 캄캄하게 있던 어둠의 가족. 녹화 설명을 위해 양해를 구하고 불을 환히 켰을 때, 괜히 눈치가 보여 얼른 설명을 끝내고 나와야 했다. 문을 닫으려는 순간, 등 뒤에서 들리던 '찰칵' 스위치 소리가 지금도 귀에 들리는 듯하다. 빛을 싫어하는 C씨의 남편을 이해할 수 없던 작가는 녹화를 진행하는 내내 그를 보며 고개를 가로저었지만, 그런 그를 위해 스튜디오 조명을 단계적

으로 내리던 순간 무언가 포근함을 느꼈다. 우리는 너무 화려한 불빛 속에서만 살아가고 있는 것은 아닐까? 집에 들어가자마자 형광등 세 개를 환히 밝히고 있던 작가는 지금 단 한 개의 형광등에 의지해 살아가고 있다.

2. 빈대남

우리 주변 어디에서나 돈 안 쓰고 얻어먹고 다니는 빈대 친구들 하나씩은 있다지만 이건 심해도, 심해도 너무 심한 빈대 ~! 3대가 함께 사는 친구의 집에 아무렇지도 않게 들어와 밥도 차려먹고 옷도 마음대로 입고 잠도 편히 잔다는 이야기를 처음 들었을 땐, 인터뷰를 하는 제작팀의 입장에서도 놀라지 않을 수 없었다. 오죽하면 할머님께서 '이놈 우리 집에 그만 좀 와라'라는 이야기를 하셨다는 대목에서는 놀람을 넘어 진정 빈대의 '끝판왕'이 〈안녕하세요〉를 찾아줬구나 하는 고마움까지도 느꼈다.

빈대 친구를 끝장내겠다며 몰려왔던 친구들의 틈바구니 속에서 대본 리딩을 진행할 때, 친구들이 무슨 이야기를 하며 물어뜯건 전혀 콧방귀도 뀌지 않던 그의 모습에서 진정한 대가(!)란 이런 것인가라는 생각마저 들었다. 녹화를 끝내고 집으로 향하는 귀갓길에서 작가에게 집까지 데려다달라고 조르던 그의 모습에서도……

3. '급한' 고민

게시판을 통해 접수된 고민을 보고 이렇게까지 믿음이 가지 않았던 사연이 있었을까. 설마, 아내가 화장실을 못 쓰게 한다고? 그래서 남편은 진짜 공원을 찾아가 볼일을 보고 온다고? 설마 하던 마음으로 남편의 인터뷰를 진행한 후, 평소 편안한 마음속에서 이뤄지는 쾌변을 행복지수의 최고봉으로 여겨온 담당 작가는, 어떻게 해서든 아내를 설득해보고자 했지만 곧 마음을 접을 수밖에 없었다.

"딸까지 바깥으로 내보내는 저는 오죽하면 그러겠어요."

한숨 섞인 그 한마디는 우리가 고민이라고 이야기하는 것들이 얼마나 유기적이고 복합적으로 일어나게 되는지를, 너 때문에 내가 힘들다는 이야기는 쉽게 해서는 안 된다는 것을 깨우치게 해줬다.

덧붙여, 반 친구들이 자기를 놀릴까 걱정이 돼 극구 출연을 거부했지만 끝내 스튜디오에 모습을 드러내 준 따님에게 진심으로 감사하다는 말을 전하고 싶다.

4. 동남아풍 외모

고민 주인공이 등장하는 미끄럼틀이 생긴 이래, 말 한마디도 없이 미끄럼틀에 우뚝 선 모습 하나만으로도 스튜디오를 초토화시킨 최고의 사연이 아니었을까 싶다. 사실 그동안 〈안녕하세요〉에는 외국인을 닮아 힘들다는 사연이 종종 들어오곤 했는데, 사진을 받고 보면 제작팀의 기준을 충족시키기에는 미달인 사연들이 많았다.

인터뷰를 다 진행하기도 전에 사진 한 장만으로 가장 빠른 출연 결정이 내려졌던 사연. 단순히 한 청년의 외모에 대한 고민이 아니라 이주노동자를 향해 가해지는 차별적인 행동들이 얼마나 나쁜 일인지를 드러내고 싶었던 제작팀은 방송 이후, 쏟아지는 관심에 뿌듯함도 느낄 수 있었다. 아쉬운 것이 있다면 방송시간에 쫓겨 주인공의 성장과정이 담긴 사진을 전부 공개하지 못했다는 것. 그야말로 명불허전이었는데.

5. 세상이 너~무 무서운 그녀

사회적 분위기가 〈안녕하세요〉에 반영되는 사연들이 있다. 강력범죄들이 발생하면서 세상이 흉흉하다보니 가방 안에 호신용 칼을 넣어다니고, 전공과는 아무런 상관이 없는 범죄자들의 심리 연구에, 기존의 호신술을 믿을 수가 없다며 나홀로 호신술을 개발·연마하기까지. 세상의 범죄가 모두 사라져야만 고민이 해결될 것 같다는 말은, 평생 안고 가야할 고민이라는 이야기와 다름이 없었다.

이 사연의 백미는 뭐니뭐니해도 주인공의 호신술 시연. 사연을 소개하고 호신술의 상

대가 돼야 했던 김태균씨의 팔뚝에 모진 상처를 남겼음은 물론이요,
녹화 전 리허설에서 상대가 됐던 작가의 팔뚝에 남긴 상처도 한동안
지워지지 않았다. 참고로, 그녀의 호신술은 실전용이다. 숙지를 권
한다.

6. 자린고비 남편

15만원! 요즘처럼 물가가
천정부지로 높아가는 세상에서
는 혼자 일주일 살기도 빠듯한
돈이다. 그런데 이 돈으로 17개
월 된 아이의 육아비와 부부의

생활비까지 모두 해결하는 놀라운 능력을 가진 짠돌이 남편. 방송
후, 짠돌이 남편에 대한 의견 대립은 팽배했다. '너무 심하다'와 '사
치하는 것보단 백배 낫다'라는 의견으로.

사실 부부는 씀씀이는 적을지언정, 남을 생각하는 마음만큼은
통 큰 사람들이었다. 자신의 딸이 아기 때 입은 옷을 선물로 건넨 작
가에게 감사의 마음으로 닭갈비를 선물한 것은 물론, 연승자석에 앉
아 다른 고민 주인공들을 안쓰럽게 바라보며 녹화 후 찾아가 따뜻한
말을 건네기도 했다. 그들은 신혼여행도 포기하고 생일선물과 외식
도 포기했지만, 덕분에 꽤 두둑한 통장과 어엿한 닭갈비집 사장 직
함을 얻었다. 물론 "시간이 지나면 할 수 없는 것은 하고 살았으면

좋겠다"는 아내의 말처럼, 지금 이 순간에만 가질 수 있는 작은 행복은 포기하지 않았으면 하는 바람이다. 참고로, 방송 후 더욱 번창하고 있는 짠돌이 남편네 닭갈비집은 문 앞에 〈안녕하세요〉 MC들과 찍은 사진이 장식돼 있고, 짠돌이 남편은 짠돌이란 말이 무색하게 푸짐한 음식과 서비스 음료를 주신다고.

7. 46킬로그램의 감옥

아내를 46킬로그램의 감옥에 수감시킨 남편은, 그날의 게스트였던 박정현씨와 F(x)는 물론 스튜디오의 모든 여성들의 분노로 스튜디오를 활활 타오르게 했다. 결혼생활 6년간 다이어트 압박에 시달려왔던 아내는 욱하는 심정에 사연을 올렸고, 처음 전화를 걸었을 때 "이게 정말 고민이 될까요?"라는 말로 인터뷰를 시작했다.

하지만 웬걸? 이 고민은 5연승까지 이뤄냈고 그녀를 상금 천만원의 주인공으로 만들었다. 이상한 점은 다이어트의 압박 때문에 고민이었던 그녀가 5주 동안 연승자로 출연하면서 신기할 정도로 점점 살이 빠졌다는 것이다. 남편이 수많은 안티들의 공격에도 다이어트의 압박을 멈추지 않았던 걸까

싶었지만, 오히려 남편이 아닌 본인 스스로 방송에 예쁘게 나오기 위해 즐거운 마음으로 다이어트를 했다고. 내가 별것 아닌 고

민이라고 생각하는 것도 남들이 보기엔 엄청난 고민으로 보일 수 있고, 내 마음이 바뀌면 고민이었던 것도 고민이 아닌 걸로 바뀔 수 있다. 여러분도 잘 생각해보시길. 당신의 고민도 천만원짜리일 수 있으니.

8. ㅋㅋㅋㅋㅋ녀

장례식장에서 웃음이 터지는가 하면, 2층침대에서 떨어져 갈비뼈가 부러진 상황에서까지 웃음을 멈추지 않는 일명 ㅋㅋㅋㅋㅋ녀. 대기실에서 작가의 설명을 듣는 내내 설명을 듣는 건지 대답을 하는 건지 웃음에 묻혀 작가의 혼을 쏙 빼놓더니, 녹화중에도 터져나오는 웃음 때문에 인터뷰를 진행해야 되는 MC들의 애를 제대로 먹였다. 그만 웃으라며 버럭버럭 소리를 지르는 정찬우씨의 노력도 영~ 먹히지가 않았으니 말이다.

그래도 웃음은 중독성이 있어서일까. 그녀를 보고 있는 방청객들도 어이없는 웃음을 같이 터뜨렸다. 물론, 웃음에 가려진 그녀의 고민은 컸지만 그 덕에 많은 사람이 웃었으니 고맙다는 말을 전하고 싶다. 하나 위로가 되는 말을 하

자면, 방송 후 그녀의 웃는 모습이 이상형이라는 시청자들의 글이
홈페이지에 올라왔다는 사실. 본인에게는 심각한 고민이겠지만 우
는 모습보다 웃는 모습이 예뻐서 참 다행이지 않나요?

9. 홍대 순수남

'급만남', '원나잇'이란 말이 판을 치는 요즘 같은 세상에 스물세
살 나이에 여자 손 한번 못 잡아본 순정남이라니. 하얀 피부에 귀여
운 외모를 보고 혹시 거짓말이라도 한 건가 싶었지만, 여자 작가의
눈도 못 마주치고 금세 얼굴이 빨개지는 모습을 연기라고 한다면 남
우주연상감이리. 그에게는 3년 동안 짝사랑해왔지만 고작 문자 몇
번 보내본 게 전부였던 여학생이 있었다. 학교에서 예쁘기로 소문난
그 여학생은 자신의 친구도 함께 좋아했을 정도라고. 제작팀은 녹화
전 그녀를 스튜디오에 불러 그동안 용기가 없어 못 했던 고백을 하
게 해주고 싶었다. 하지만 그녀는 현재 남자친구가 있고, 방송에 나
가서 그 친구를 상처주고 싶지 않다며 출연을 거절했다. 하지만 짝
사랑의 그녀 대신 첫사랑의 아이콘 수지씨가 그의 손을 잡아줬으니
그 정도면 용기를 얻기엔 충분하지 않았을까.

10. 2년째 입을 닫은 아들

〈안녕하세요〉에 소개된 고민 중, 가장 많은 시청자를 울리고
가장 기억에 남는 사연은 단연코 어머니와 2년 동안 말을 안 한 아들

의 사연이 아닐까 싶다. 사전 전화 인터뷰 내내 눈물을 멈추지 않던 어머니, 그리고 인터뷰조차 거부한 아들. 중간에서 이 두 사람의 문제를 해결하기 위해 안간힘을 쓴 두 누나가 없었다면 녹화는 성사되지 않았을지도 모른다.

단 한 번도 출연자들의 인터뷰와 동의를 얻지 않은 상태로 녹화를 진행한 적이 없었지만, 처음으로 아들의 인터뷰와 동의를 얻지 못한 채로 녹화를 강행했다. 아들은 누나들의 설득을 피하기 위해 늦은 밤 집을 나가기도 했다. 제작팀은 불안했다. 마치 007 작전을 펼치듯 녹화 전날부터 아들이 집에 들어와 있는지, 다음 날 같이 출발했는지, 어디 휴게소까지 도착했는지 등을, 30분에 한 번씩 확인에 확인을 거듭했다. 그렇게 힘들게 녹화장에 도착한 아들과 어머니는 사연이 소개되기 전까지도 눈 한번 마주치지 않았다. 녹화장 뒤에 대기중인 어머니는 아들이 오늘도 자신에게 말을 하지 않을 것이라며 끊임없이 눈물을 흘렸고, 그동안 아들의 말문을 열기 위해 점쟁이까지 찾아가서 그가 시킨 대로 아들의 방문을 향해 한 달 동안 절을 한 적도 있다고 말했다.

드디어 어머니가 스튜디오로 내려갔고, 아들은 힘겹게 말문을 열었다. 시간상 방송에는 그 모든 과정을 보여줄 수 없었지만, 그동안의 장벽이 얼마나 컸는지 알 수 있을 만큼 아들이 말을 꺼내기까지는 꽤 시간이 걸렸다. 아들이 말문을 닫은 이유를 2년 만에 알게 된 어머니는 아들이 안쓰러워 눈물을 흘렸고, 아들은 자신 때문에 마음고생한 어머니에 대한 미안함으로 눈물을 흘렸다. 단 한마디면 끝날 일이었다.

"미안하다." "죄송해요."

스튜디오는 눈물바다가 됐다. MC도 방청객도 카메라팀도 제작팀도 모두 눈물을 흘렸다. 그 이유는 모자의 사연이 슬퍼서일 수도 있지만, 혹시 모두가 가족에게 말하지 못한 미안함을 가지고 있어서는 아니었을까.

말의 힘은 강하다. "안녕하세요." 이 한마디는 처음 본 사람도 친구로 만들 수 있다. "안녕하세요"라는 말에는 당신의 안녕을 묻는 걱정의 의미도 있고, 늘 안녕하기를 바란다는 기원의 의미도 있다. 그래서 〈안녕하세요〉는 모두의 고민을 들어주고, 잘되길 빌어주는 프로그램이다. 제작팀은 프로그램을 통해서 많은 이들의 고민을 들었고, 그 고민 속에서 위안을 얻었다. 고민을 이야기하고 같이 공감해주는 것. 그것이 '안녕'한 세상을 만드는 작은 방법이라는 걸 배웠다. 여러분도 모두 안녕하시길.

당신의 고민은 안녕하세요

초판 인쇄 2012년 11월 13일
초판 발행 2012년 11월 26일

지은이 KBS 〈안녕하세요〉 제작팀

펴낸이 강병선
편집인 황상욱

기획·책임편집 고아라 **구성** 조은호 **디자인** 이정민 **사진** 김경호 **교정** 조희경
마케팅 이숙재 **온라인 마케팅** 김희숙 김상만 이원주 고경태 한수진
제작 서동관 김예지 임현식 **제작처** 미광원색사(인쇄) 창림P&B(제본)

펴낸곳 (주)문학동네
출판등록 1993년 10월 22일
임프린트 휴먼큐브

주소 413-756 경기도 파주시 문발동 파주출판도시 513-8 2층
문의전화 031-955-1902(편집) 031-955-3578(마케팅) **팩스** 031-955-8855
전자우편 torviya@munhak.com **트위터** @torviya

ISBN 978-89-546-1977-6 03810

■ 휴먼큐브는 문학동네 출판그룹의 임프린트입니다. 이 책의 판권은 지은이와 휴먼큐브에 있습니다.
■ 이 책 내용의 전부 또는 일부를 재사용하려면 반드시 양측의 서면동의를 받아야 합니다.

www.munhak.com